LE MASQUE
Collection de romans d'aventures
créée par
ALBERT PIGASSE

LE MYSTÉRIEUX Mr QUINN

Agatha Christie

LE MYSTÉRIEUX Mr QUINN

Librairie des Champs-Élysées

Ce recueil a paru sous le titre original :

THE MYSTERIOUS MR QUINN - 1

L'ARRIVÉE DE Mr QUINN

(THE COMING OF Mr QUINN)

C'était la veille du Nouvel An. Les membres les plus âgés du groupe des invités du château de Royston étaient rassemblés dans le grand hall. Mr Satterthwaite était content que la jeunesse soit allée se coucher. Il n'aimait pas la jeunesse lorsqu'elle était en nombre. Il la trouvait sans intérêt : elle manquait de subtilité. Or, en avançant dans la vie, il aimait de plus en plus la subtilité.

Mr Satterthwaite avait soixante-deux ans! C'était un petit homme sec un peu courbé, avec une figure pointue qui présentait une ressemblance assez curieuse avec le museau d'un renard. Il s'intéressait beaucoup, et peut-être d'une façon exagérée, à la vie des autres. Pendant toute son existence, il s'était pour ainsi dire assis aux premières loges pour étudier les différents drames humains qui se jouaient devant lui. Son rôle avait toujours été celui du spectateur, mais dans la vieillesse, il se montrait plus difficile sur le choix des pièces qu'on lui offrait, et il recherchait ce qui sort de l'ordinaire.

Il avait, sans aucun doute, l'intuition de ces choses. Et lorsque les éléments d'un drame étrange, se déroulant dans son voisinage, lui parvenaient, il les subodorait avec le flair d'un chien de chasse. Depuis son arrivée à Royston, cet après-midi même, ce flair, cette faculté, en quelque sorte subconsciente, l'avait incité à se tenir sur ses gardes. En effet, il pressentait que quelque chose d'intéressant se produisait ou allait se produire...

La réunion au château n'était pas nombreuse. Il s'y trouvait Tom Evesham, hôte bienveillant et agréable; sa femme, personne sérieuse fort occupée de politique et qui avait été, avant son mariage, lady Laura Keene; sir Richard Conway, soldat, voyageur et sportsman; six ou sept jeunes gens dont Mr Satterthwaite n'avait pas retenu les noms et enfin Mr et Mrs Portal.

C'était ces derniers, surtout, qui intéressaient Mr Satterthwaite, car, bien que n'ayant jamais rencontré Alex Portal, il était très renseigné à son sujet, parce qu'il avait connu son père et son grand-père.

Alex Portal était bien de sa race : un homme de près de quarante ans, blond aux yeux bleus, comme tous ses aïeux, aimant le sport, adroit à tous les jeux, mais semblant dépourvu d'imagination. En un mot, le type achevé de l'Anglais moyen.

Quant à sa femme, elle était toute différente.

Mr Satterthwaite savait qu'elle était australienne et que Mr Portal l'avait rencontrée en ce pays deux ans avant et épousée presque aussitôt. Elle n'avait jamais habité l'Angleterre avant son mariage, mais malgré cela, elle ne ressemblait à aucune des autres

Australiennes que Mr Satterthwaite avait connues jusqu'alors.

Il l'observait ce jour-là à la dérobée.

« Femme intéressante, pensait-il, de tempérament équilibré mais très vivante! » Oui, c'était bien cela, elle respirait l'ardeur de vivre!... On ne pouvait dire qu'elle fût belle, mais il émanait d'elle une espèce de charme étrange auquel bien peu d'hommes – Mr Satterthwaite en était déjà sûr – eussent été capables d'échapper.

Le côté masculin de Mr Satterthwaite se révélait dans cette dernière constatation, mais son côté féminin – car Mr Satterthwaite avait également des impressions féminines – s'intéressait à une autre question : *pourquoi Mrs Portal se teignait-elle les cheveux?* Il est probable qu'aucun autre homme n'aurait remarqué cela, mais Mr Satterthwaite, lui, s'en était aperçu et cela l'intriguait!... Beaucoup de femmes brunes teignent leurs cheveux en blond, mais il n'avait pas encore rencontré de femmes blondes qui se teignaient en noir!...

Tout en elle l'intriguait!...

D'une façon étonnamment intuitive, il avait la certitude qu'elle était ou très heureuse ou très malheureuse!... Mais lequel des deux? Il ne le savait pas au juste et s'agaçait de l'ignorer!... En outre, Mr Satterthwaite avait tout de suite reconnu qu'elle produisait un effet étrange sur son mari...

« Il l'adore, se disait-il, mais parfois... oui, c'est bien cela, parfois, il en a peur. Oh! voilà qui est intéressant... extrêmement intéressant!... »

Portal buvait trop. C'était certain. Et il avait une

façon particulièrement curieuse d'observer sa femme quand elle ne le regardait pas.

« Ce garçon est un paquet de nerfs, se disait Mr Satterthwaite. Sa femme le sait! Et cependant, elle ne veut rien faire pour y remédier. »

Il restait donc très intrigué par ce couple, car il sentait qu'il se passait entre les deux époux quelque chose d'anormal! Mais ce quelque chose, il ne pouvait encore le définir.

Mr Satterthwaite fut interrompu dans ses méditations par le carillonnement solennel de la grande horloge placée dans un des coins de la pièce.

– Minuit!... s'écria Mr Evesham. C'est la nouvelle année. Qu'elle soit bonne et heureuse pour tous. Mais, en réalité, ajouta-t-il, la pendule avance de cinq minutes! Et je ne sais pas pourquoi les enfants n'ont pas attendu l'année nouvelle avant d'aller se coucher.

– Je ne pense pas un instant qu'ils se soient couchés, remarqua sa femme d'un ton placide. Ils sont probablement en train de mettre des brosses dans nos lits!... Ce genre de plaisanterie les amuse tellement. Je ne comprends d'ailleurs pas pourquoi! En tout cas, de mon temps, nous ne nous serions pas permis de telles inconvenances!

– Autre temps, autre mœurs, dit Conway en riant.

Ce dernier était un homme à l'allure militaire et du même type qu'Evesham. Deux hommes droits, honnêtes et bons, mais sans grande prétention à l'intelligence.

– Dans ma jeunesse, continua lady Laura, nous formions un cercle et chantions *Auld Lang Syne!*

Evesham parut mal à son aise.
– Oh! tais-toi, Laura, murmura-t-il, pas ici...
Il traversa le grand hall où tous étaient assis et alluma une lampe de plus.
« J'ai eu tort de parler de cela!... se dit lady Laura en elle-même. Cela lui rappelle naturellement ce pauvre Mr Capel. » Et, se tournant vers Mrs Portal :
– Ne trouvez-vous pas le feu trop chaud, ma chère amie?
Eleanor Portal fit un brusque mouvement en arrière.
– Non, non!... Merci... D'ailleurs je reculerai ma chaise si j'ai trop chaud.
Quelle belle voix elle avait...
« Une de ces voix de basse et musicales qui se gravent dans la mémoire! » pensa Mr Satterthwaite.
La figure de Mrs Portal se trouvait maintenant dans l'ombre. Et c'était bien dommage!...
Sans bouger de place, elle parla encore.
– Mr Capel? interrogea-t-elle.
– Oui, fit lady Laura. L'homme à qui appartenait autrefois cette maison s'est tué... Oh! je vous en prie, Tom chéri! ajouta-t-elle en s'adressant à son mari, je n'en parlerai pas si cela vous est désagréable!... (Ce qui nc l'cmpêcha pas de continuer :) Ce fut naturellement une grande émotion pour Tom, car il était ici quand le drame eut lieu. Vous aussi n'est-ce pas, sir Richard?
– Oui, lady Laura, répondit Conway.
Dans le fond, du hall, une seconde pendule, très ancienne, grinça, ronfla et sonna minuit.

– Bonne année, Tom, grogna Evesham négligemment.

Lady Laura plia son tricot avec décision.

– Eh bien! nous l'avons vu arriver, cette nouvelle année!... observa-t-elle. (Et regardant Mrs Portal elle ajouta :) Qu'en pensez-vous?

Eleanor Portal se leva vivement.

– Il ne nous reste plus qu'à aller nous coucher, fit-elle d'un ton qu'elle s'efforça de rendre désinvolte.

« Elle est très pâle, pensa Mr Satterthwaite en se levant également et préparant les bougeoirs. Beaucoup plus pâle que tout à l'heure. »

Il lui tendit alors sa bougie allumée en la saluant avec courtoisie. Mrs Portal la lui prit des mains et, sans un mot, s'éloigna lentement vers l'escalier.

Or, à ce moment-là, brusquement, Mr Satterthwaite eut une intuition soudaine. Il avait le singulier pressentiment qu'elle courait un danger et il voulut la suivre pour la rassurer. Mais la sensation s'évanouit aussitôt, et il eut honte de ce réflexe inconscient.

Ah! ça, est-ce que lui aussi allait être dominé par ses nerfs? Mrs Portal n'avait pas regardé son mari en montant l'escalier, mais tout à coup, elle se retourna et fixa les yeux sur lui avec une sorte d'anxiété fiévreuse.

A nouveau, Mr Satterthwaite éprouva une impression pénible. Un peu troublé, il prit congé de la maîtresse de maison.

– Je suis sûre que cette nouvelle année sera heureuse, lui dit lady Laura. Mais la situation politique me paraît bien incertaine!

– Sans aucun doute!... approuva poliment Satterthwaite.

– J'espère toutefois, continua lady Laura, sans changer de ton, que le premier homme qui, le matin, franchira le seuil de notre porte sera brun! Vous connaissez, je pense, cette superstition, Mr Satterthwaite? Non?... Oh! vous m'étonnez!... Pour porter bonheur à une maison, il faut que le premier jour de l'année un homme brun y pénètre le premier! Allons, bonsoir! J'espère ne rien trouver d'insolite dans mon lit! Mais, je n'ai aucune confiance en nos enfants, ils sont si délurés!...

En secouant la tête avec un peu d'appréhension, lady Laura gravit à son tour – et majestueusement – l'escalier.

Après le départ des deux dames, chacun rapprocha sa chaise du feu qui flambait dans sa cheminée. Evesham versa du whisky à ses invités et le sujet de conversation qui avait été écarté auparavant fut repris.

– Vous connaissiez Dereck Capel, n'est-ce pas, Satterthwaite? demanda Conway.

– Oui, un peu!

– Et vous, Portal?

– Non, je ne l'ai jamais rencontré!

Ces mots furent dits d'un ton si vif et si embarrassé, que Mr Satterthwaite regarda avec surprise celui qui les avait prononcés.

– Je n'aime pas que Laura parle de ça!... dit Evesham. Après la tragédie, cette propriété fut achetée par un industriel. Il la vendit au bout d'un an, car elle ne lui convenait plus. On raconta alors que la maison était hantée et cela lui donna une mauvaise réputation. Ensuite, quand Laura voulut que je pose ma candidature à West Kidleby, il fallut habiter dans la région et les propriétés n'étaient pas faciles à trouver. On vendait Royston pour trois fois rien et finalement, je l'ai acheté. Les fantômes, je n'y crois guère, mais il est désagréable que l'on vous rappelle que vous habitez une maison où l'un de vos amis s'est tué!... Pauvre vieux Dereck! ajouta-t-il en soupirant, dire qu'on ne saura jamais pourquoi il a fait cela!...

– Ce ne sera ni le premier ni le dernier qui se sera tiré un coup de revolver sans en donner la raison..., dit lourdement Portal.

Et, se levant, il se versa une grande rasade de whisky.

« Quelque chose le tracasse, pensa Mr Satterthwaite. J'aimerais bien savoir quoi! »

– Ecoutez le vent!... dit tout à coup Conway. C'est une nuit terrible.

– Une nuit propice aux fantômes, ajouta Portal avec un rire un peu faux. Tous les démons de l'enfer sont sortis cette nuit.

– Si l'on s'en rapporte aux paroles de lady Laura, conclut Conway en riant, le plus noir nous portera bonheur!

Le vent hurla puis, comme son bruit s'apaisait peu à peu, on entendit soudain trois grands coups frappés à la porte d'entrée. Tout le monde sursauta... Qui diable pouvait bien venir à une telle heure? Surpris, tous se regardaient.

– Je vais ouvrir, dit enfin Evesham. Les domestiques sont couchés.

Il alla à la porte et l'ouvrit. Un vent glacial emplit

le hall. Dans l'encadrement de la porte se tenait un homme grand et mince. Par un curieux effet d'optique, dû aux vitraux multicolores placés au-dessus de la porte, il sembla à Mr Satterthwaite qu'il était vêtu de toutes les couleurs de l'arc-en-ciel mais, quand il s'avança, on s'aperçut que c'était un homme de haute taille, brun et portant un costume d'automobiliste.

– Je m'excuse de vous importuner, dit l'étranger d'une voix au timbre harmonieux, mais je suis en panne!... Pas grand-chose d'ailleurs et mon chauffeur fait le nécessaire. Mais il faut compter une demi-heure et il fait si froid dehors que je me suis permis de frapper à votre porte.

Il s'interrompit et Evesham répondit aussitôt :

– Entrez donc prendre un whisky, cher monsieur! Et si nous pouvons vous être d'un secours quelconque pour l'auto?...

– Non, merci, fit le nouveau venu. Mon chauffeur sait ce qu'il y a à faire. Mais excusez-moi si je ne me suis pas présenté. Je m'appelle Quinn, Harley Quinn.

– Asseyez-vous, Mr Quinn, dit Evesham.

Et après avoir décliné à son tour son nom, il présenta sir Richard Conway et Mr Satterthwaite.

Mr Quinn salua et prit le fauteuil qu'Evesham lui offrait. Mais comme il s'asseyait, un jeu de lumière se produisit qui, mettant une ombre soudaine sur sa figure, lui donna l'étrange apparence d'un masque.

Evesham jeta deux bûches dans le feu et offrit :

– Du whisky?

– Si vous voulez!...

Evesham lui tendit un verre.
– Vous connaissez bien ce pays, Mr Quinn?
– J'y suis passé il y a quelques années.
– Vraiment?
– Oui. La maison appartenait alors à un nommé Capel.
– Ah! oui, dit Evesham. Pauvre Dereck Capel! Le connaissiez-vous?
– Oui, répondit Mr Quinn. Je le connaissais!...
Sur cette réponse, l'attitude d'Evesham se modifia d'une façon imperceptible pour quiconque n'aurait pas connu le caractère anglais. Mr Evesham avait eu en effet, tout d'abord, une réserve qui n'existait plus maintenant. Mr Quinn avait connu Dereck Capel! C'était l'ami d'un ami. Il devait donc être accepté autrement que comme un hôte de hasard!
– Etrange affaire!... dit Mr Evesham d'un ton confidentiel! Nous en parlions justement tout à l'heure. Certes, il me fut très pénible d'acheter cette propriété. Malheureusement, il n'y en avait pas d'autres dans le voisinage. J'étais ici le soir où ce malheureux s'est tué. Et, ma parole, il y a des moments où j'ai presque peur de voir apparaître le fantôme de Dereck!
– Quel drame inexplicable! fit Mr Quinn d'une voix douce, mais pleine de décision.
Et il s'arrêta comme s'il venait de dire une chose très importante.
– Inexplicable, vous pouvez le dire, répliqua Conway. J'étais ici aussi au moment du suicide. Cela restera toujours un mystère.

– Je me le demande, dit Mr Quinn. (Et se tournant vers Conway :) Vous disiez?

– Je disais que ce fut ahurissant! Un homme dans la force de l'âge, bien portant, gai, sans soucis, ayant chez lui des amis, des invités, plein d'entrain pendant le dîner, faisant des projets. Tout à coup, il se lève de table, monte dans sa chambre, prend un revolver et se tue!... Pourquoi? Personne ne l'a su et personne ne le saura jamais.

– Votre jugement me paraît bien définitif, observa Mr Quinn avec un léger sourire.

Conway le regarda, étonné, et rassembla ses souvenirs.

– Que voulez-vous dire? Je ne comprends pas.

– Eh bien! un problème n'est pas nécessairement insoluble parce qu'il n'a pas encore été résolu.

– Allons donc! Puisqu'on n'a rien pu trouver à l'époque du drame, il n'est guère probable que maintenant, après dix ans, on découvre la vérité.

Mr Quinn secoua la tête.

– Je ne suis pas de votre avis! dit-il. Un historien contemporain n'écrit jamais l'histoire d'une façon aussi véridique qu'un historien de la génération suivante. Le tout est de voir les choses dans leurs proportions exactes!

Alex Portal se pencha en avant, la figure crispée.

– Vous avez raison, Mr Quinn! s'écria-t-il. Vous avez raison! Le temps ne résout pas un problème mais il le présente sous un autre aspect.

Evesham souriait avec incrédulité.

– Vous voulez donc dire, Mr Quinn, que si nous essayions, par exemple ce soir, de chercher les causes de la mort de Dereck Capel, nous serions plus près de la vérité que nous ne l'étions quand l'événement s'est produit?

– Plus près Mr Evesham, plus près. Vous ne seriez plus, en effet, sous l'influence de l'émotion, et vous pourriez évoquer le souvenir des faits avec calme et lucidité.

Evesham parut étonné.

– Il faut un point de départ, prononça alors Mr Quinn. L'un de vous doit avoir une opinion, j'en suis sûr. Voyons, sir Richard, quelle est votre idée?

– Eh bien! dit-il un peu gêné, nous avons tous pensé qu'il devait y avoir une femme dans l'affaire. D'habitude, c'est une question de femme ou d'argent, n'est-ce pas? Or, cette fois, ce n'était certainement pas l'argent. Donc, qu'est-ce que cela pouvait être sinon une femme?

Mr Satterthwaite tressaillit. Il s'était penché pour donner un avis et, à ce moment-là même, il aperçut une forme féminine accroupie contre la balustrade de la galerie supérieure.

Cette femme était invisible pour tous, sauf pour lui, et elle écoutait attentivement ce qui se disait en bas. Elle était tellement immobile que Mr Satterthwaite se demanda, pendant un instant, s'il n'était pas le jouet d'une illusion. Mais non. Et il reconnut l'écouteuse à sa robe : c'était Eleanor Portal.

Et, subitement, les événements de cette soirée parurent clairs à Mr Satterthwaite. L'arrivée de Mr Quinn n'était pas un hasard; c'était l'entrée d'un acteur qui vient tenir un rôle. Il se jouait cette nuit un drame dans le hall de Royston! Un drame réel dont un des personnages était mort car, Dereck Capel avait pris part à la pièce. Mr Satterthwaite en était sûr. Et comme en un éclair il comprit : ce qui se passait était mis en scène par Mr Quinn! Il donnait aux acteurs leurs répliques. Il était au cœur du mystère. Il savait tout, même la présence de la femme dissimulée là-haut, derrière la balustrade. Mr Satterthwaite suivait en spectateur attentif le drame. Mais seul Mr Quinn, sur la scène, faisait marcher les marionnettes.

– Une femme, oui, dit-il pensivement. (Et fixant ses interlocuteurs, il demanda :) N'a-t-on parlé d'aucune femme pendant le dîner précédant le suicide?

– Mais si, bien sûr! s'écria Evesham. Dereck Capel a annoncé ses fiançailles. Et c'est ce qui rend son suicide si étrange. Il paraissait tout heureux de ce mariage dont le projet, du reste, n'avait encore rien d'officiel.

– Nous avons naturellement deviné de qui il s'agissait, ajouta Conway. C'était Marjorie Dilke, une fille adorable.

Il sembla que ce fût au tour de Mr Quinn de parler, mais il ne le fit pas et son silence eut quelque chose de provocant. Il paraissait mettre en doute le renseignement donné.

Conway fut aussitôt sur la défensive.

– Quelle autre femme serait-ce? s'insurgea-t-il. Qu'en dites-vous Evesham?

– Je ne sais pas, répondit ce dernier. Tout ce dont je me souviens, c'est que Dereck Capel nous a dit qu'il ne pouvait nous dévoiler le nom de sa fiancée avant d'en avoir obtenu la permission. Mais il voulait que ses meilleurs amis sachent qu'il serait marié dans l'année. Et naturellement, comme on les avait beaucoup vus ensemble, nous pensions que ce serait avec Marjorie.

– La seule chose..., commença Conway – mais il s'arrêta brusquement.

– Qu'alliez-vous dire, Dick? demanda Evesham.

– Je... je trouvais assez bizarre qu'il nous cache ainsi ses fiançailles avec Marjorie. Je ne voyais aucune raison à cela, ce qui m'incite à croire, en effet, qu'il s'agissait plutôt d'une femme mariée, dont le mari venait de mourir.

– Peut-être, dit Evesham, car, dans ce cas, Dereck n'aurait pas pu annoncer ses fiançailles aussi vite. En y repensant, je ne crois pas qu'il voyait Marjorie autant que nous le supposions. Il me semble du reste que ses relations avec elle depuis quelque temps s'étaient espacées.

– Curieux! fit Mr Quinn.

– Oui, poursuivit Evesham, on aurait dit que quelqu'un les avait séparés.

– Une autre femme, peut-être? dit Conway d'un air songeur.

– En effet! reprit Evesham. Dereck était bizarre ce soir-là. Il paraissait au comble du bonheur et, cependant – je ne sais comment l'expliquer –, il semblait braver quelque chose.

– Comme un homme qui défie le sort! murmura Alex Portal.

Voulait-il en faisant cette réflexion, parler de Dereck Capel ou bien de lui-même?

Mr Satterthwaite, le regardant, se posa la question et en tout cas constata que Mr Alex Portal avait tout à fait l'air d'un homme qui défie le sort. Il semblait s'éveiller d'une torpeur causée par la boisson et regardait droit devant lui.

Mr Satterthwaite leva la tête. La femme était toujours là-haut, immobile, comme morte.

– C'est en effet, très exact! reprit Conway, Dereck Capel paraissait agité, excité comme un homme qui a fait un pari et l'a gagné, malgré un handicap formidable.

– Il cherchait peut-être au contraire à se donner du courage pour vaincre des difficultés nouvelles, suggéra Alex Portal en se reversant une forte dose de whisky.

– Pas du tout! dit vivement Evesham, je pourrais jurer qu'il n'en était rien. Conway a raison, son attitude était celle d'un joueur qui a gagné sans trop s'y attendre et peut à peine croire à sa bonne fortune.

– Et cependant, dit Conway, avec un geste découragé, dix minutes plus tard...

Il y eut un silence. Evesham frappa violemment sur la table de sa main.

– Quelque chose a dû se passer dans ces dix minutes! s'écria-t-il. Mais quoi? Voyons, récapitulons. Nous étions, si je me rappelle bien, tous en train de parler lorsque Capel se leva et quitta la pièce.

– Pourquoi? demanda Mr Quinn.

Cette interruption parut déconcerter Evesham.

– Pardon?

– J'ai seulement dit : « Pourquoi? », répéta Mr Quinn.

Evesham réfléchit :

– Attendez... sur le moment, je n'y ai pas attaché

d'importance... Voyons... Ah! oui. Il y a le facteur. Rappelez-vous, Conway, le coup de sonnette et notre agitation. Nous avions été bloqués par la neige depuis quatre jours : une des plus violentes tempêtes que nous ayons connues. Les routes étaient impraticables. Nous n'avions reçu aucun courrier. Capel alla chercher ce qu'on apportait et revint avec des lettres et des journaux. Il déplia l'un des journaux pour voir s'il y avait des nouvelles et monta dans sa chambre avec sa correspondance. Trois minutes après, nous entendions un coup de feu!... C'est inexplicable, absolument inexplicable!

– Pourquoi inexplicable? demanda Portal. Il est évident que Capel a reçu une communication inattendue. C'est clair.

– Ne croyez pas que nous n'y avons pas pensé, répondit Evesham. Ce fut d'ailleurs une des premières questions posées par la police. Mais Capel n'avait pas ouvert son courrier qui était demeuré intact sur la table de toilette.

Alex Portal parut étonné.

– Etes-vous sûrs, dit-il, que Capel n'ait ouvert aucune lettre? Une lettre qu'il aurait peut-être détruite, après l'avoir lue?

– Non, j'en suis certain. C'eût été l'explication naturelle! Mais aucune lettre n'avait été déchirée ou brûlée. Il n'y avait d'ailleurs pas de feu dans la cheminée.

Portal hocha la tête.

– C'est extraordinaire, admit-il.

– Ah! Ce fut affreux, poursuivit Evesham. Conway et moi sommes montés en entendant le coup de feu... Et nous l'avons trouvé. Vous devinez le choc que ça nous a causé.

– Vous avez aussitôt téléphoné à la police? demanda Mr Quinn.

– Non! Il n'y avait pas, à cette époque-là, le téléphone à Royston. Je ne l'ai fait mettre que par la suite. Heureusement, un sergent de police se trouvait par hasard dans la cuisine. Il ramenait le chien favori de Capel qui s'était égaré dans la neige. Il venait juste d'arriver quand le coup de feu a retenti. Sa présence nous a rendu un fier service.

– Quelle tempête terrible, ce soir-là! corrobora Conway. C'était, il me semble, au début de janvier.

– Non! en février je crois. Nous sommes partis d'ici très peu après.

– Moi, je suis sûr que c'était en janvier, insista Conway. Mon cheval Ned devint, en effet, boiteux fin janvier. C'était juste après le drame.

– Alors, ce devait être tout à fait à la fin du mois, fit Evesham. C'est curieux comme on oublie les dates au bout d'un certain temps.

– Effectivement, approuva Mr Quinn. C'est une des choses les plus difficiles à se rappeler avec certitude. A moins, bien entendu, d'avoir un point de repère précis... Comme, par exemple, l'assassinat d'une tête couronnée, ou encore un crime passionnant, marquant.

– Mais oui, précisément! s'écria Conway. C'était au moment où éclata l'affaire Appleton.

– Un peu après, je crois.

– Non! non! Souvenez-vous! Capel connaissait les Appleton. Il était allé passer quelque temps chez eux le printemps précédent, une semaine à peu près avant la mort d'Appleton. Et, au retour, il nous a parlé de celui-ci, nous disant quel vieux ladre c'était et combien ce devait être terrible pour sa femme, jeune et jolie, d'être mariée à un homme pareil! Rappelez-vous aussi qu'elle n'a pas été soupçonnée immédiatement de l'avoir fait disparaître et que, quand on a commencé à l'accuser, cela a coïncidé avec le suicide de Capel.

– Vous avez raison. Je me souviens d'avoir lu dans les journaux qu'on avait procédé à l'exhumation. Et c'était le jour du suicide, je lisais l'information distraitement, ma pensée étant auprès de Dereck qui était là-haut sur son lit de mort.

– Il s'agit là d'un phénomène courant, mais curieux, dit Mr Quinn. Dans les moments les plus tragiques, l'esprit s'arrête quelquefois sur un fait quelconque, qui se grave dans la mémoire, et qui ne reparaît que longtemps après. Cela peut être sans aucune importance ainsi que le dessin d'un papier sur un mur, cependant, on ne l'oublie jamais.

– C'est étrange que vous disiez cela, Mr Quinn, dit Conway. En vous écoutant, je me suis cru soudain transporté dans la chambre de Dereck Capel, avec Dereck étendu par terre. Et j'ai vu tout à coup et aussi nettement que possible, un grand arbre devant la fenêtre, et son ombre projetée sur la neige. Oui, le clair de lune, la neige, l'ombre de l'arbre, je les vois encore maintenant! Ma parole, je crois que je pourrais les dessiner. Et cependant, le soir du drame, je n'avais pas conscience de les avoir remarqués.

– Cette chambre était bien celle qui est au-dessus de la porte d'entrée? demanda Mr Quinn.

– Oui. Et l'arbre est le grand bouleau à l'angle de l'avenue.

Mr Quinn parut satisfait. Quant à Mr Satterthwaite, il ne dissimulait qu'avec peine son émotion. Il était, en effet, de plus en plus convaincu que chaque mot prononcé par Mr Quinn avait sa raison d'être et tendait à un but précis.

Mais quel but?... Mr Satterthwaite l'ignorait mais il demeurait plus que jamais certain que Mr Quinn détenait la clé du mystère. Après une pause Evesham reprit :

– Je me souviens fort bien du bruit que fit l'affaire Appleton. La femme s'en tira, n'est-ce pas? C'était d'ailleurs une jolie femme très blonde.

Malgré lui, Mr Satterthwaite chercha des yeux la forme féminine accroupie derrière la balustrade. Etait-ce un effet de son imagination ou cette forme s'était-elle vraiment repliée sur elle-même comme pour éviter un choc? Mr Satterthwaite vit-il également une main se diriger vers la nappe qui recouvrait la table où elle s'immobilisa brusquement?

Il y eut un bruit de verre brisé. Alex Portal en se servant de whisky avait laissé tomber la bouteille.

– Toutes mes excuses, Mr Evesham, je suis désolé, je ne sais pas quelle maladresse... excusez-moi.

– Ça ne fait rien, mon vieux! Aucune importance. Mais c'est bizarre, cela me rappelle ce que fit, paraît-il, Mrs Appleton après la disparition de son mari : elle aussi brisa la bouteille de porto, je crois.

– En effet, dit Portal. Le vieil Appleton en buvait un verre chaque soir. Or, le jour qui suivit sa mort, un des domestiques vit Mrs Appleton prendre la bouteille et la briser violemment. Naturellement, à l'office on fit des réflexions. Tous les domestiques savaient, en effet, combien leur maîtresse était malheureuse avec son mari. De fâcheux commentaires se propagèrent et, finalement, quelques mois après, l'un des membres de la famille de Mr Appleton demanda l'exhumation de ce dernier. On constata alors qu'il avait été empoisonné. Et avec de l'arsenic, il me semble.

– Non, je crois de la strychnine! dit Evesham. Il n'y avait en effet, qu'une personne qui ait pu, selon toute apparence, commettre ce crime : Mrs Appleton. Elle fut jugée, mais acquittée... Plutôt par manque de preuves décisives que par certitude de son innocence. En d'autres termes, elle eut de la chance. Je pense, quant à moi, qu'il est difficile de ne pas la considérer comme coupable. Que devint-elle par la suite?

– Elle est allée au Canada, je crois, ou en Australie chez un de ses oncles. C'est d'ailleurs ce qu'elle avait de mieux à faire : disparaître.

Mr Satterthwaite observait avec attention la façon dont Alex Portal tenait son verre. Il le serrait étroitement.

« Il va aussi le casser s'il ne fait pas plus attention, pensa-t-il. Mon Dieu, que cela est donc intéressant! »

Evesham se leva et se versa un nouveau verre de whisky.

– Eh bien! nous n'avons rien appris de plus sur la

mort de Dereck Capel, constata-t-il. Notre enquête n'a pas donné grand-chose, n'est-ce pas Mr Quinn?

Mr Quinn se mit à rire, d'un rire étrange, moqueur et cependant attristé, qui fit tressaillir tout le monde.

– Je vous demande pardon, dit-il, vous vivez toujours dans le passé, Mr Evesham. Vous êtes influencé par vos impressions personnelles, tandis que moi, qui suis un étranger, un passant, je ne vois que les faits.

– Les faits?

– Oui, les faits.

– Que voulez-vous dire?

– Que j'en vois toute une série remarqués par vous, mais dont vous ne discernez pas la signification! Retournons de dix ans en arrière, voulez-vous? Et observons alors les événements sans nous laisser influencer par aucun sentiment ou aucune idée préconçue.

Mr Quinn se leva et il parut alors plus grand que nature. Le feu flambait derrière lui, l'éclairant comme à contre-jour :

– Vous êtes à table, Dereck Capel annonce ses fiançailles. Vous pensez à ce moment-là que c'est avec Marjorie Dilke. Maintenant, vous n'en n'êtes plus aussi sûrs. Capel a l'air agité d'un homme qui a défié le destin. On sonne. Il va prendre le courrier en retard et, comme vous l'avez remarqué, n'ouvre pas ses lettres. Mais il déplie son journal pour voir les nouvelles. Comme il y a maintenant dix ans de cela, nous ne savons plus quelles étaient ces nouvelles. S'agissait-il d'un tremblement de terre éloigné, ou d'une crise politique dans le pays? Nous l'ignorons! La seule chose que nous savons, c'est qu'on annonçait ce jour-là que l'exhumation du corps de Mr Appleton venait d'avoir lieu.

– Que dites-vous? s'écria une voix.

Mr Quinn continua :

– Dereck Capel monte dans sa chambre, et voit quelque chose par la fenêtre. Sir Richard Conway nous a dit, en effet, que les rideaux n'étaient pas fermés et que la chambre donnait sur l'avenue, éclairée par la lune et la neige. Qu'a-t-il vu? Qu'a-t-il pu voir qui l'ait décidé à se tuer?

– Que voulez-vous dire? Qu'a-t-il vu? demanda la même voix.

– Eh bien! je crois qu'il a vu un agent de police, l'agent de police qui venait pour le chien! Mais Dereck Capel l'ignorait. Affolé, il n'a vu que cela : cet agent!

Il y eut un long silence. Les assistants comprenaient avec peine ce que Mr Quinn venait de dire.

– Oh! mon Dieu, murmura enfin Evesham. Vous n'allez pas insinuer une chose pareille... Appleton? Mais Dereck n'était pas auprès de lui, à ce moment-là. Appleton était seul avec sa femme quand il est mort.

– Certes!... Mais Dereck avait pu être auprès d'Appleton une semaine avant. La strychnine n'est soluble que sous la forme d'hydrochlorure. Dissoute dans la carafe de porto, on n'en aurait absorbé une grande quantité que dans le dernier verre, et par conséquent, une semaine après le départ de Dereck.

Portal fit un bond en avant. Sa voix était maintenant rauque et ses yeux injectés de sang.

– Pourquoi aurait-elle brisé le carafon? s'écria-t-il. Pourquoi? Répondez à cela!

Pour la première fois de la soirée Mr Quinn s'adressa à Mr Satterthwaite :

– Vous avez une grande expérience de la vie, Mr Satterthwaite. Peut-être pourriez-vous répondre?

La voix de Mr Satterthwaite trembla légèrement. Son tour était en effet arrivé! C'était à lui maintenant de donner l'une des plus importantes répliques de la pièce. Il était à présent acteur et non plus spectateur.

– J'imagine, dit-il, d'un ton modeste, j'imagine, qu'elle devait aimer Dereck Capel!... Mais c'était une femme vertueuse, et elle le repoussa. Quand son mari mourut, elle soupçonna la vérité. Alors, pour sauver l'homme qu'elle aimait, elle essaya de détruire toute preuve contre lui. Plus tard, il réussit à la convaincre que ses soupçons étaient injustifiés, et elle lui promit de l'épouser. Mais même alors elle resta en défiance. Les femmes ont en général beaucoup d'instinct.

Mr Satterthwaite se tut. Son rôle était terminé. A ce moment-là, tout à coup, on entendit un long soupir.

– Mon Dieu! dit Evesham sursautant, qu'est-ce que c'est?

Mr Satterthwaite aurait pu lui répondre que c'était Eleanor Portal qui, au-dessus de la balustrade, avait poussé ce soupir, mais il était trop artiste pour gâcher un effet.

Mr Quinn souriait.

– Ma voiture doit être prête maintenant, dit-il en se levant. Merci pour votre hospitalité, Mr Evesham. J'espère avoir fait quelque chose... pour mon ami.

Tous les personnages présents le regardèrent étonnés.

– D'ailleurs, continua Quinn, ce côté-là de l'affaire vous a frappé. Dereck aimait cette femme, vous le savez. Il l'aimait assez pour tuer pour elle. Et quand il entrevit, ou crut entrevoir le châtiment, il se supprima. Sans réfléchir qu'il la laisserait après sa mort se débattre contre une affreuse accusation.

Portal s'était affaissé dans son fauteuil, le visage caché dans les mains.

Quinn se retourna vers Satterthwaite :

– Allons, au revoir, Mr Satterthwaite, dit-il. Vous vous intéressez à ce drame, n'est-ce pas? Evidemment, la comédie est maintenant finie! Mais bien qu'elle ne soit plus d'actualité, elle vaut tout de même la peine qu'on s'y intéresse. La moralité qui s'en dégage est, je le reconnais, un peu difficile à comprendre. Mais, comme dit le proverbe, les morts vont vite... Allons, bonsoir à tous.

Et, sur ces mots, Mr Quinn quitta le hall, et les vitraux, éclairés par la lune, lui donnèrent, comme à son entrée, un aspect fantomatique.

Mr Satterthwaite monta alors dans sa chambre et, comme il se disposait à fermer ses fenêtres, il aperçut la silhouette de Mr Quinn descendant l'avenue. En même temps, sortant par une porte de côté, il vit celle d'une femme qui courait dans la nuit. Mr Quinn et cette femme se parlèrent pendant quelques minutes. Puis, la femme rentra dans la maison, passa sous la fenêtre, et Mr Satterthwaite fut frappé par l'expression de son visage éclairé par la lune, une expression ardente de bonheur.

– Eleanor, je t'en prie!...

Alex Portal avait rejoint la jeune femme.

– Eleanor, continua-t-il, pardonne-moi! Tu m'avais dit la vérité, mais Dieu me pardonne, je ne t'avais pas tout à fait crue!...

Mr Satterthwaite s'intéressait beaucoup aux affaires d'autrui, mais c'était avant tout, un gentleman. Il ferma la fenêtre... mais la ferma tout doucement.

Toutefois, il avait entendu la voix de Mrs Portal, d'une douceur infinie, qui disait :

– Je sais, Alex! Je sais! C'était l'enfer pour toi... C'est un martyre que l'on endure lorsque l'on aime, que d'avoir confiance et de soupçonner à la fois. Oh! oui, je sais... Mais le pire, vois-tu, c'est l'enfer que j'ai vécu auprès de toi! Je sentais ton doute et ta crainte de moi qui empoisonnaient notre amour. Heureusement cet homme, cet étranger de passage m'a sauvée.

– Sauvée?

– Oui, je ne pouvais plus supporter cette situation, tu comprends. Et cette nuit même, je comptais me tuer! Ah! Alex, Alex...

L'OMBRE SUR LA VITRE

(THE SHADOW ON THE GLASS)

– Ecoutez! s'exclama lady Cynthia Drage.

Elle se mit à lire à haute voix un article du journal qu'elle tenait en main.

– Cette semaine, Mr et Mrs Unkerton donnent une soirée à Greenways House. Parmi les invités, on compte lady Cynthia Drage, Mr et Mrs Richard Scott, le commandant Porter, D.O.S.(1), Mrs Staverton, le capitaine Allenson et Mr Satterthwaite.

Repoussant le quotidien, lady Cinthia commenta :

– Il est bon de savoir que nous sommes au nombre des hôtes. Mais, ils ont quand même fait un joli gâchis!

Son compagnon, ce même Mr Satterthwaite dont le nom figurait sur la liste des invités, fixa sur elle un regard interrogateur. On racontait que la présence de ce vieux gentleman dans les maisons de nouveaux riches signifiait, soit que la chère y était

(1) D.S.O. Distinguished Service Order, médaille pour officiers de l'armée ou de la marine.

particulièrement raffinée, soit qu'un drame était sur le point de s'y dérouler. Mr Satterthwaite s'intéressait d'une manière anormale aux comédies et tragédies que vivaient ses semblables.

Lady Cynthia, une femme entre deux âges, au visage dur rehaussé d'un maquillage généreux, donna une petite tape à son voisin avec l'élégante ombrelle qu'elle gardait sur les genoux.

– N'allez pas dire que vous ne comprenez pas! D'ailleurs, je suis persuadée que vous êtes ici pour assister au scandale.

Mr Satterthwaite nia avec vigueur. Il ne savait absolument pas à quoi elle faisait allusion.

– Je veux parler de Richard Scott. Prétendez-vous n'avoir jamais entendu parler de lui?

– Non, bien sûr que non. C'est un chasseur de gros gibier, n'est-ce pas?

– Exactement. A l'heure actuelle, c'est une célébrité et je comprends assez bien que les Unkerton aient voulu se l'approprier... lui et la mariée! Une charmante enfant, mais si naïve! Elle n'a que vingt ans, vous savez, et lui, au moins quarante-cinq!

– Mrs Scott paraît en effet charmante, approuva son voisin.

– Oui... la pauvre...

– Pourquoi, pauvre?

Lady Cynthia lui adressa un regard de reproche et aborda la question à sa façon.

– Bien qu'ennuyeux, Porter est un bon type. Encore un de ces chasseurs d'Afrique à la peau brûlée par le soleil et peu bavard. Il joue un rôle subalterne auprès de Richard Scott et cela, depuis toujours, amis de jeunesse et le reste. Maintenant que j'y pense, il me semble qu'ils faisaient tous deux partie de cette expédition.

– Quelle expédition?

– L'expédition! Celle de Mrs Staverton. A présent, vous allez dire que vous n'avez jamais entendu parler de Mrs Staverton?

Presque à contrecœur, Mr Satterthwaite admit :

– J'ai entendu parler d'elle...

Tous deux échangèrent un rapide coup d'œil.

– Cela ressemble tellement aux Unkerton! gémit lady Cynthia. Sur le plan social, ils sont vraiment désespérants. L'idée d'avoir invité ces deux-là en même temps! Naturellement, les Unkerton savaient que Mrs Staverton passe pour une femme à l'esprit sportif, une grande voyageuse, qu'elle écrit un livre, mais ils n'ont pas la moindre idée des pièges de la vie mondaine. Depuis une année, je les ai moi-même guidés et personne ne saura jamais ce que j'ai pu endurer. On doit constamment être derrière leur dos : « Ne faites pas ceci », « Vous ne pouvez pas faire cela ». Dieu merci, j'en ai fini avec eux! Ce n'est pas que nous nous soyons querellés... Oh! non, je ne me fâche jamais, mais j'abandonne la place à qui veut la prendre. Comme je dis toujours, je tolère la vulgarité mais je ne supporte pas la petitesse d'esprit!

Après cette remarque quelque peu énigmatique, qu'elle rumina un moment, lady Cynthia reprit :

– S'ils m'incombait encore la tâche d'organiser leurs réceptions, je déclarerais carrément : « Vous ne pouvez inviter Mrs Staverton en même temps que les Richard Scott. A une certaine époque, elle et lui... »

Elle pinça les lèvres en un silence éloquent.
– Mais l'étaient-ils vraiment? insista Mr Satterthwaite.
– C'est bien connu, mon cher! Je suis surprise qu'elle ait eu le cran d'accepter l'invitation.
– Peut-être ne savait-elle pas que les autres seraient de la partie?
– Pour moi, elle le savait très bien.
– Vous croyez?...
– Elle est ce que j'appelle une femme dangereuse, du genre qui ne recule devant rien. Je ne voudrais pas être à la place de Richard Scott, ni aujourd'hui ni demain.
– Et vous pensez que Mrs Scott ne se doute de rien?
– J'en suis certaine. Mais quelque bonne âme bien intentionnée l'éclairera tôt ou tard. Tiens! Voici Jimmy Allenson. Un si gentil garçon. Il m'a sauvé la vie l'hiver dernier en Egypte, lorsque je m'ennuyais tant! Hello! Jimmy! Venez ici tout de suite!
Le capitaine Jimmy Allenson obéit et se laissa tomber sur le gazon à ses pieds. C'était un beau garçon d'une trentaine d'années, aux dents blanches et au sourire engageant.
– Je suis heureux que quelqu'un veuille bien de moi. Les Scott jouent aux tourtereaux et ils n'ont pas besoin d'un partenaire. Porter est en train de dévorer *The Field* et je viens de courir le danger mortel de me faire accaparer par mon hôtesse.
Il rit et lady Cynthia rit avec lui. Mr Satterthwaite, qui était vieux jeu sur certains points, ne

plaisantait jamais au sujet de ses hôtes et hôtesses avant d'avoir quitté leur maison.

– Pauvre Jimmy, compatit lady Cynthia.

– Elle voulait à tout prix me reconter l'histoire du fantôme de la famille.

– Un fantôme Unkerton! s'écria lady Cynthia, que c'est drôle!

– Pas un fantôme Unkerton, intervint placidement Mr Satterthwaite, un fantôme Greenways. Ils l'ont acheté avec la maison.

Sa compagne coupa :

– Mais bien sûr! Je m'en souviens à présent. Ce n'est pas un fantôme qui fait cliqueter des chaînes. A ce que je crois me rappeler, il n'est question que d'une fenêtre.

Allenson leva vivement la tête.

– Une fenêtre?

Mr Satterthwaite ne répondit pas car son attention venait d'être attirée par trois silhouettes qui s'approchaient. Il distingua une mince jeune femme encadrée par deux hommes qui, de loin, se ressemblaient assez : tous deux étant grands, bruns, avec un visage bronzé et l'œil vif, mais vus de plus près, leur pseudo-ressemblance s'évanouissait.

De Richard Scott, chasseur et explorateur, se dégageait une personnalité éclatante, empreinte d'un pouvoir magnétique. Au contraire, John Porter, son camarade de chasse, avec ses épaules carrées, son visage impassible, comme taillé dans le bois, et ses yeux gris, donnait une impression terne. On le sentait satisfait d'être une sorte de lieutenant de Scott.

Entre eux, Moira Scott, qui trois mois plus tôt

s'appelait encore miss Moira O'Connell. Une silhouette svelte, de grands yeux bruns tristes et une masse de cheveux dorés qui lui auréolait le visage.

En la voyant si frêle, Mr Satterthwaite pensa : « Il ne faut pas que cette enfant souffre. Ce serait trop injuste. »

Lady Cynthia accueillit les nouveaux venus d'un mouvement d'ombrelle.

– Asseyez-vous et n'interrompez pas! Mr Satterthwaite nous raconte une histoire de fantôme.

Prenant place sur le gazon, Moira Scott déclara :

– J'adore les histoires de fantômes!

– Vous voulez parler de celui de Greenways? s'enquit Scott.

– Oui. Vous la connaissez?

Avec un hochement de tête, Scott répondit :

– J'avais l'habitude de venir ici, autrefois, avant que les Elliot n'aient dû vendre. Le fantôme est appelé le « Cavalier aux Aguets », n'est-ce pas?

– Le Cavalier aux Aguets, répéta doucement sa femme. J'aime ce nom. Je vous en prie, continuez.

Mais Mr Satterthwaite, peu disposé à obéir, affirma à la jeune femme que l'histoire était sans intérêt.

Avec un rire sardonique, Scott observa :

– Ce refus, courtoisement voilé, excite notre curiosité.

Devant la protestation générale, Mr Satterthwaite dut s'incliner.

– Je crois que l'histoire originale est centrée sur un « Cavalier »(1), ancêtre de la famille Elliot. Sa

(1) Surnom donné aux partisans du Roi.

femme avait pour amant une « Tête Ronde »(1) qui le tua dans une pièce située à l'étage. Les coupables s'enfuirent mais, alors qu'ils s'éloignaient des lieux, ils jetèrent un coup d'œil en arrière et virent le visage du mari qui les suivait des yeux par la fenêtre de la pièce où il avait été tué. C'est là la légende et, pour ce qui est du fantôme, un carreau de la fenêtre où fut assassiné le Cavalier montre une sorte de tache qui, vue de près, est presque imperceptible mais qui, à une certaine distance, donne sans doute l'impression qu'un visage d'homme regarde au-dehors.

– De quelle fenêtre s'agit-il? demanda Mrs Scott en se tournant vers la façade.

– Vous ne pouvez la voir d'ici car elle est située sur le mur opposé. De plus, elle a été bouchée il y a longtemps, quarante ans, pour être précis.

– Pourquoi? J'ai cru comprendre que le fantôme ne se déplaçait pas?

– C'est exact. J'imagine... ma foi, j'imagine que la superstition... la crainte... rien de plus sérieux, en tout cas.

Et, très adroitement, il réussit à détourner la conversation, Jimmy Allenson se montrant tout disposé à disserter sur les devins égyptiens.

– Ce sont des charlatans, pour la plupart. Ils acceptent assez volontiers de vous donner quelques vagues détails concernant votre passé, mais ils ne se risquent jamais à vous prédire l'avenir.

– J'aurais cru que c'était le contraire, dit John Porter.

(1) Soldat de Cromwell.

Richard Scott déclara à son tour :

– Dans notre pays, il est illégal de prédire l'avenir, je crois. Un jour, Moira a prié une bohémienne de lui lire les lignes de la main, mais la femme lui a rendu son shilling, en répliquant que cela lui était impossible.

– Peut-être y a-t-elle vu quelque chose de si effrayant qu'elle n'a pas osé m'en instruire?

– Ne dramatisez pas, Mrs Scott! s'exclama Jimmy Allenson d'un ton léger. Personnellement, je me refuse à croire qu'un destin malheureux puisse planer sur votre tête.

A part lui, Mr Satterthwaite ne put s'empêcher de penser « Je me demande... Je me demande vraiment... »

Un murmure de voix lui fit lever la tête. Deux femmes arrivaient : l'une petite, forte et très brune, drapée dans une robe d'un vert qui lui seyait mal; l'autre grande et mince, vêtue de blanc ivoire. La première était son hôtesse, Mrs Unkerton, et sa compagne une femme qu'il connaissait de nom, mais qu'il n'avait jamais vue.

– Voici Mrs Staverton, annonça Mrs Unkerton. Vous vous connaissez tous, je crois?

– Ces gens ont le don de ne jamais manquer une remarque dénuée de tact, murmura lady Cynthia à l'oreille de Mr Satterthwaite.

Le vieux monsieur, cependant, n'écoutait pas. Il observait la nouvelle venue, très à l'aise... Il l'écouta dire : « Hello, Richard! Il y a une éternité que nous nous sommes vus. Désolée de n'avoir pu assister à votre mariage. Est-ce là votre femme? Ma chère, vous devez être fatiguée de toujours tomber sur les vieux amis de votre mari. » Il approuva la réponse de Moira, pleine d'à-propos et de réserve, surprit un rapide coup d'œil appréciateur de la femme plus âgée et sa découverte d'un autre vieil ami : « Hello, John! » Il nota que le ton dégagé était le même, mais empreint cependant d'une chaleur que seul l'observateur attentif discerna, ainsi que ce sourire soudain qui la transformait. Lady Cynthia ne s'était pas trompée en la jugeant dangereuse... Très blonde avec des yeux d'un bleu foncé. Une femme à la voix traînante qui se fait écouter, et dont le sourire vous prenait au dépourvu.

Iris Staverton prit place et tout de suite devint le centre du groupe. On sentait qu'il en était toujours ainsi où qu'elle aille.

Mr Satterthwaite fut tiré de ses méditations par le commandant qui lui suggérait une petite promenade. Par goût, le vieux gentleman n'appréciait guère la promenade, mais il accepta et les deux hommes traversèrent la pelouse en flânant.

– L'histoire que vous nous avez racontée est très intéressante, fit le commandant.

– Je vais vous montrer la fenêtre.

Mr Satterthwaite guida son compagnon vers la façade ouest de la maison, ouvrant sur un petit jardin à la française, qu'on appelait le Jardin Secret à cause de ses hautes bordures de houx qui le protégeaient des regards indiscrets et de sa voie d'accès, un étroit sentier en zigzag passant parmi les houx épineux.

Une fois à l'intérieur, tout vous enchantait : les parterres fleuris traditionnels, les allées dallées, le banc de pierre très bas et merveilleusement sculpté.

Arrivé au centre du jardin, Mr Satterthwaite leva les yeux et indiqua l'unique fenêtre au premier étage de la façade étroite. Le lierre cachait presque complètement ses vitres sinistres mais on se rendait compte qu'à l'intérieur, on avait bouché la fenêtre.

– C'est ici, annonça Mr Satterthwaite.

Porter tendit le cou pour mieux voir.

– Je distingue bien une légère décoloration sur l'une des vitres, mais rien de plus.

– Nous sommes trop près. Il y a une petite clairière surélevée dans les bois, d'où l'on a un très bon aperçu.

Il entraîna Porter hors du jardin et, tournant directement à gauche, pénétra dans les sous-bois. Un certain souci de corser la mise en scène s'empara de lui et il remarqua à peine que son compagnon avait l'esprit ailleurs.

– Bien sûr, lorsqu'ils décidèrent de boucher la fenêtre, les Elliot en firent percer une nouvelle qui est exposée au sud et donne sur la pelouse où nous étions tous réunis. Il me semble que les Scott occupent la chambre en question et c'est pour cela que je n'ai pas voulu débattre le sujet plus avant. Mrs Scott aurait pu ressentir quelque inquiétude en apprenant qu'elle dormait dans ce que nous pourrions nommer la pièce hantée.

– Oui, je vois.

Mr Satterthwaite se tourna vers Porter et réalisa qu'il n'avait pas écouté un mot de ce qu'il lui disait.

– Très intéressant, confirma Porter.

Il frappa de son bâton quelques digitales géantes et, les sourcils froncés, laissa échapper :

– Elle n'aurait jamais dû venir.

On s'exprimait souvent ainsi devant Mr Satterthwaite. Il semblait avoir si peu d'importance, être une personnalité tellement falote qu'on lui attribuait toujours le rôle de l'auditeur le plus souvent muet.

– Non, répéta Porter, elle n'aurait jamais dû venir.

Instinctivement, Mr Satterthwaite devinait que son voisin ne faisait pas allusion à Mrs Scott.

– C'est votre opinion, vraiment?

Porter hocha la tête comme s'il pressentait un malheur.

– J'étais de la fameuse expédition à laquelle Scott et Iris prirent part... Une femme merveilleuse et une tireuse d'élite. Je me demande ce qui a bien pu pousser les Unkerton à l'inviter?

Mr Satterthwaite haussa les épaules.

– L'ignorance, sans doute.

– Il va y avoir de la casse. Nous devons rester près d'eux... et faire tout ce qui sera en notre pouvoir pour éviter un drame.

– Mais voyons, Mrs Staverton...

– Je veux parler de Scott. Vous comprenez, il faut ménager Mrs Scott.

Mr Satterthwaite n'avait pas cessé de penser à cela, mais il jugea inutile d'en informer son compagnon qui, jusqu'à cette minute, paraissait avoir oublié l'existence de la jeune femme.

– Comment Scott a-t-il rencontré son épouse?

– Au Caire, l'hiver dernier. L'affaire fut vite bâclée. Ils se fiancèrent au bout de trois semaines et se marièrent.

– Elle paraît vraiment charmante...

– Elle l'est, sans aucun doute et il l'adore... mais cela ne changera rien. (Et à nouveau, le commandant répéta, usant du pronom qui pour lui ne pouvait désigner qu'une seule personne.) Bon sang! elle n'aurait pas dû venir...

A ce moment, ils débouchaient sur un tertre herbeux qui surplombait la maison. Plein de l'importance de son rôle, Mr Satterthwaite tendit le bras.

– Regardez!

Le jour baissait depuis un moment mais la fenêtre se distinguait encore et, apparemment pressé contre l'une des vitres, on voyait le visage d'un homme surmonté du casque à plumes des Cavaliers.

– Curieux, remarqua Porter. Vraiment très curieux. Qu'arrivera-t-il, le jour où la vitre se cassera?

Mr Satterthwaite sourit.

– C'est là un des côtés les plus intéressants de l'histoire. A ma connaissance, cette vitre a été remplacée au moins onze fois, sinon plus. La dernière fois, il y a douze ans, lorsque le propriétaire d'alors voulut à tout jamais détruire le mythe. Mais toujours, *la tache réapparaît...* pas d'un coup, mais graduellement. En général, elle a retrouvé son importance au bout d'un mois ou deux.

Pour la première fois, Porter manifesta un grand intérêt. Il bougonna :

– Ces choses sont, pour le moins, bizarres. Impossible de leur trouver une explication. Savez-vous quelle est la véritable raison qui poussa les propriétaires à boucher cette fenêtre de l'intérieur?

– Ma foi, des rumeurs circulèrent affirmant que la pièce avait une influence maléfique. Les Evesham l'occupaient juste avant leur divorce. Puis ce fut le tour de Stanley et de sa femme. Quelque temps plus tard, Stanley partit avec une danseuse.

Porter haussa les sourcils.

– Ce ne serait donc pas la vie de ses occupants qui serait en danger, mais bien leur sens moral?

Mr Satterthwaite ne put s'empêcher de se demander si la même chose pourrait arriver aux Scott.

Ils revinrent sur leurs pas et, alors qu'ils avançaient en silence sur le gazon tendre, tous deux absorbés dans leurs pensées, ils devinrent indiscrets sans le vouloir.

Ils contournaient la haie de houx lorsque la voix hautaine d'Iris Staverton se fit entendre de l'autre côté de la muraille de verdure.

– Vous le regretterez!... Je vous jure que vous le regretterez!

En réponse, la voix sourde et incertaine de Richard Scott se perdit dans un murmure et Iris parla à nouveau, prononçant des mots dont on devait se souvenir plus tard.

– La jalousie engendre le mal. Elle est dangereuse et peut pousser quelqu'un à commettre un crime odieux. Prenez garde, Richard, pour l'amour de Dieu, prenez garde!

Là-dessus, elle déboucha du sentier en zigzag, à

quelques mètres des deux hommes dont elle ne remarqua pas la présence, et gagna la maison à grands pas, comme si elle était poursuivie.

Les paroles de lady Cynthia revinrent à l'esprit de Mr Satterthwaite : « Une femme dangereuse... » et, pour la première fois, il eut le pressentiment qu'une tragédie inévitable allait bientôt éclater à Greenways House.

Pourtant, alors que la soirée s'avançait, il eut honte de ses craintes. Tout semblait normal. Mrs Staverton, apparemment très détendue, ne trahissait aucun signe de nervosité. Moira Scott paraissait, comme d'habitude, charmante et naturelle; les deux femmes échangèrent même des propos aimables. De son côté, Richard Scott affichait une gaieté débordante.

La seule personne qui ne prenait pas part à la bonne humeur ambiante était la grosse Mrs Unkerton, qui vint se confier à Mr Satterthwaite.

– Vous penserez peut-être que je suis ridicule, mais j'ai peur. Je dois vous avouer que j'ai envoyé chercher le vitrier, à l'insu de Ned.

– Le vitrier?

– Afin qu'il pose une nouvelle vitre à la fameuse fenêtre. Ned a beau en être fier et prétendre qu'ainsi elle donne un cachet à la maison, moi je n'aime pas cela. Je préfère de beaucoup une bonne vitre comme tout le monde, sans histoire déplaisante.

– Vous oubliez, contesta Mr Satterthwaite, ou peut-être ne savez-vous pas que la tache réapparaît toujours?

– Tout ce que je puis vous dire, c'est que si c'est vrai, c'est contre nature!

Mr Satterthwaite haussa les sourcils mais ne répondit pas.

– Et quand bien même cela serait? reprit Mrs Unkerton sur un ton de bravade. Nous ne sommes pas si pauvres, Ned et moi, que nous ne puissions nous permettre une nouvelle vitre chaque mois... ou chaque semaine, s'il le faut!

Mr Satterthwaite ne releva pas le défi. Il avait vu trop de choses s'écrouler et disparaître sous le poids de l'argent pour penser que même un Cavalier fantôme puisse sortir victorieux du combat. Néanmoins, l'inquiétude manifeste de son hôtesse le frappait, seulement, elle l'attribuait à une vague superstition concernant un revenant, plutôt qu'à une mésentente entre ses invités.

Plus tard, alors qu'il s'apprêtait à se retirer, le vieux gentleman surprit à nouveau une remarque de Mrs Staverton. Cette fois, elle annonçait d'un ton irrité à John Porter :

– Personne ne m'avait prévenue que les Scott seraient ici, sinon je ne serais pas venue, mais au point où nous en sommes, je puis vous assurer, mon cher John, que je n'ai pas l'intention de me retirer sur la pointe des pieds!

Mr Satterthwaite passa son chemin. Intérieurement, il s'interrogea : « Est-il possible qu'elle n'en ait rien su? Que va-t-il en résulter, à présent? »

Dans la fraîche clarté du matin, Mr Satterthwaite se dit qu'il s'était laissé aller un peu trop au mélodrame, la veille au soir. Il avait eu un moment d'appréhension, à peu près inévitable, étant donné les circonstances, mais à présent, les choses reprenaient leur aspect normal. Ses craintes touchant une catastrophe sur le point d'éclater tenaient à l'état de ses nerfs, ou peut-être de son foie... Oui, cela venait sûrement de son foie. Il calcula qu'il lui fallait attendre encore deux semaines avant de pouvoir aller faire sa cure à Carlsbad.

Ce soir-là, juste comme la nuit commençait à tomber, il proposa au commandant Porter de se rendre jusqu'à la clairière pour voir si Mrs Unkerton avait tenu parole et fait poser une nouvelle vitre à la fenêtre condamnée.

Alors que les deux hommes traversaient le bois à pas lents et que Porter se montrait, comme de coutume, taciturne, Mr Satterthwaite remarqua :

– Je ne puis m'empêcher de penser que nous avons peut-être un peu exagéré, hier, en anticipant sur des... heu... des événements tragiques. Après tout, les gens du monde savent refréner leurs sentiments.

– Peut-être, convint Porter, qui ajouta au bout d'un moment : les gens évolués, tout au moins. Ceux qui ont longtemps vécu en marge de la civilisation peuvent ne pas en tenir compte. Ils retournent à l'état sauvage, si l'on peut dire.

Mr Satterthwaite gravit le promontoire avec peine et se tourna vers la fenêtre. Le visage s'y trouvait encore, plus réel que jamais.

– Je crois que notre hôtesse s'est repentie.

Porter jeta un coup d'œil indifférent sur la maison et remarqua, d'un ton neutre :

– Unkerton a probablement mal pris la chose. Il est homme à tirer vanité de la réputation de son fantôme et à ne pas courir le risque de le voir disparaître alors qu'il a payé très cher le droit de se l'approprier.

Ayant promené les yeux sur les fourrés environnants, il reprit :

– Vous est-il jamais venu à l'esprit que la civilisation a un côté extrêmement dangereux?

– Dangereux?

Une telle remarque, par son côté révolutionnaire, choquait Mr Satterthwaite au plus haut point.

– Oui, car elle ne se soucie pas de soupape de sûreté.

Il se détourna brusquement et redescendit le promontoire.

– J'ai peur de ne pas très bien vous comprendre, protesta Mr Satterthwaite, trottinant à pas pressés pour rester à la hauteur de son compagnon. Les gens raisonnables...

Porter eut un rire bref et contempla le petit homme.

– Vous croyez que je profère des bêtises, Mr Satterthwaite? De même que certaines personnes ont le pouvoir de déceler l'approche d'un orage, d'autres prévoient d'avance le malheur. Un drame va bientôt avoir lieu ici, je le sens! Il peut éclater à tout instant.

Il s'arrêta soudain, saisit le bras de Mr Satterthwaite et, dans le silence qui suivit, sa prédiction se réalisa : deux coups de feu, et ensuite... un cri de femme.

– Mon Dieu! gémit Porter, c'est arrivé!

Il fonça vers la maison avec Mr Satterthwaite qui peinait derrière lui. Quelques secondes plus tard, ils arrivaient sur la pelouse à proximité du Jardin Secret. Dans le même temps, Richard Scott et Mr Unkerton accouraient venant de l'angle opposé de la maison. Les quatre hommes se retrouvèrent devant l'étroite allée bordée de houx.

– C'est... c'est venu d'ici, fit Unkerton en désignant d'une main tremblante l'entrée du jardin.

– Il faut aller voir.

Porter pénétra le premier dans l'enclos. Lorsqu'il s'immobilisa, Mr Satterthwaite jeta un coup d'œil par-dessus son épaule et Richard Scott poussa un cri.

Un homme et une femme gisaient dans l'herbe au pied du banc de pierre, tandis que Mrs Staverton fixait sur eux un regard rempli d'horreur. Elle tenait un objet dans sa main crispée.

– Iris! cria Porter, Iris, que tenez-vous là?

L'air étonné, elle abaissa les yeux et déclara d'un ton dénué de toute expression :

– Un revolver. (Puis au bout de quelques secondes interminables, elle ajouta :) Je... je l'ai ramassé.

Mr Satterthwaite s'approcha d'Unkerton et de Scott penchés sur les corps.

– Un docteur, souffla Scott. Il faut tout de suite appeler un docteur.

Mais nul médecin ne pouvait être du moindre secours pour Jimmy Allenson qui s'était plaint des devins égyptiens et pour Moira Scott à qui une bohémienne avait rendu son shilling.

Richard Scott procéda lui-même à un bref examen. Après son premier instant d'affolement, ses nerfs d'acier avaient repris le dessus. En reposant doucement sa femme, il constata :

– On lui a tiré dans le dos. La balle l'a transpercée.

Il se pencha ensuite sur Jimmy Allenson qui portait une blessure à la poitrine où la balle était restée logée.

John Porter observa d'un ton dur :

– Il ne faut toucher à rien. La police doit voir la scène exactement comme elle se présente en ce moment.

– La police...

Un éclair de colère passa soudain dans le regard que Scott levait sur la femme debout près de la haie épineuse. Il fit un pas vers elle mais Porter s'interposa afin de lui barrer le passage. Un moment, il sembla que les deux amis allaient s'affronter.

Porter secoua doucement la tête.

– Non, Richard. Les apparences sont contre elle... mais vous vous trompez.

Richard Scott parla avec difficulté, s'humectant les lèvres.

– Alors, pourquoi tient-elle... cet engin dans la main ?

Et à nouveau, Iris Staverton répéta, indifférente :

– Je l'ai ramassé.

Unkerton, qu'on avait oublié, les rappela à la réalité :

– Il faut avertir la police... tout de suite. Peut-être vous en chargerez-vous, Scott ? Je pense que quelqu'un devrait rester ici...

A sa manière calme et bien élevée, Mr Satterthwaite se proposa, ce que son hôte accepta avec un soulagement manifeste.

Avant de se retirer, il dit en guise d'excuse :

– Il importe que j'apprenne la nouvelle à lady Cynthia et à ma chère femme.

Mr Satterthwaite demeura seul dans le Jardin Secret, le regard sur le cadavre de Moira Scott.

– Pauvre enfant... Pauvre enfant...

Il se rappela la vieille citation au sujet du mal que les hommes engendrent et laissent derrière eux. Richard Scott n'était-il pas en quelque sorte responsable de la mort de son innocente femme? Iris Staverton serait probablement pendue. Cette constatation ne lui était pas particulièrement agréable, car là encore l'homme était responsable. Ah! les hommes...

Et la jeune femme, l'innocente enfant avait payé.

Rempli de pitié, il contempla le petit visage, si pâle, où un sourire à peine esquissé fleurissait encore au coin des lèvres, les cheveux dorés ébouriffés, l'oreille délicate. Il distingua une goutte de sang sous le lobe. Avec le sentiment de jouer plus ou moins au détective, il en déduisit qu'il devait s'agir d'une boucle d'oreille qui aurait été arrachée au cours de la chute du corps. Il tendit le cou... Oui, il ne s'était pas trompé. Une perle pendait à l'autre oreille...

Pauvre enfant, pauvre enfant...

Ils étaient tous réunis dans la bibliothèque. L'inspecteur Winkfield, un homme énergique n'ayant pas dépassé la quarantaine, achevait de recueillir les témoignages. Il avait déjà interrogé la plupart des personnes présentes et se faisait une idée assez claire de l'affaire.

Pour le moment, il écoutait les déclarations du commandant Porter de Mr Satterthwaite. Mr Unkerton, tassé sur une chaise, les yeux hors de la tête, contemplait le mur opposé.

– Donc, messieurs, résuma Winkfield, vous étiez allés vous promener et reveniez vers la maison par un sentier qui contourne ce que vous appelez le Jardin Secret. C'est exact?

– Parfaitement, inspecteur.

– Vous avez alors entendu deux coups de feu puis, un cri de femme?

– Oui.

– Vous avez donc couru vers l'entrée du jardin qui ne comporte qu'une seule issue. Si quelqu'un en était sorti et avait tourné à droite, il aurait été vu de Mr Unkerton et de Mr Scott; s'il avait tourné à gauche, vous n'auriez manqué de votre côté, de le rencontrer. D'accord?

– D'accord, inspecteur, répondit Porter très pâle.

– Tout me paraît clair. Mr Unkerton, sa femme et lady Drage se tenaient sur la pelouse, Mr Scott dans la salle de billard qui ouvre sur la même pelouse. A 6 h 10, Mrs Staverton sortit de la maison, échangea quelques mots avec les personnes présentes et contourna la maison avec l'intention de se rendre dans le Jardin Secret. Deux minutes plus tard, les coups de feu éclatèrent. Mr Scott arriva en courant, de la maison et, avec Mr Unkerton, se précipita vers l'endroit d'où étaient venues les détonations. Dans le même temps, vous et Mr... euh Satterthwaite, arriviez d'une direction opposée. Vous avez trouvé Mrs Staverton dans le Jardin Secret, un revolver à la main. Nous avons constaté plus tard que deux balles manquaient dans le chargeur de l'arme. D'après les apparences, Mrs Staverton aurait d'abord tiré sur la dame qui, vue la position de la blessure, devait se tenir assise sur le banc, lui tournant le dos. Le capitaine Allenson se dressa sans doute et voulut se jeter sur elle. Elle lui tira en pleine poitrine. Je crois comprendre qu'il y a eu un... euh... attachement passé entre l'accusée et Mr Richard Scott...

– C'est un mensonge! lança Porter.

L'inspecteur ne pipa mot et se contenta de hocher la tête.

– Qu'a-t-elle à dire pour sa défense? demanda Mr Satterthwaite.

– Qu'elle se rendait dans le Jardin Secret pour être tranquille un moment et que juste avant d'atteindre le dernier tournant du sentier, qui y conduit, elle entendit les coups de feu. Elle arriva sur les lieux du drame, vit le revolver et le ramassa. A part les deux victimes, elle n'a aperçu personne. (L'inspecteur garda un silence éloquent avant de conclure :) C'est ce qu'elle affirme et bien que je l'aie mise en garde, elle persiste à maintenir sa déposition.

– Si elle la maintient, dit gravement Porter, c'est qu'elle dit la vérité. Croyez-moi, je connais Iris Staverton.

– Nous aurons tout le temps de revenir là-dessus. En attendant, je dois faire mon devoir.

Porter apostropha Mr Satterthwaite.

– Et vous! Ne pouvez-vous nous aider? Tenter quelque chose?

Mr Satterthwaite ne put s'empêcher de se sentir flatté de ce qu'un homme tel que le commandant fît appel à lui, le plus insignifiant de tous.

Il allait exprimer son regret lorsque Thompson, le majordome, entra avec un plateau d'argent qu'il présenta à son maître et sur lequel il y avait une carte de visite. Mr Unkerton paraissait toujours complètement détaché du monde extérieur.

Thompson expliqua :

– J'ai informé ce gentleman que vous ne pourriez probablement pas le recevoir mais il insiste. Il affirme qu'il a un rendez-vous et que ce qui l'amène ne souffre aucun délai.

Comme à regret, Unkerton lut la carte.

– Mr Harley Quinn. Je me souviens, en effet, qu'il désirait me rencontrer au sujet d'un tableau mais, vu les circonstances...

Mr Satterthwaite s'avança vivement.

– Mr Harley Quinn? Que c'est extraordinaire!... Commandant, je crois que je vais pouvoir vous aider. Ce Mr Quinn est un de mes amis – je dirais plutôt une de mes connaissances –, c'est un homme des plus remarquables.

– Une de ces personnes qui résolvent les énigmes, sans doute? ironisa l'inspecteur.

– Non, pas du tout. Mais, il est doué du pouvoir presque surnaturel de vous éclairer sur ce que vous avez vous-même vu et entendu. Quoi qu'il en soit, exposons-lui l'affaire et voyons ce qu'il en dira.

Mr Unkerton jeta un coup d'œil à l'inspecteur

mais ce dernier se contenta de renifler en contemplant le plafond. Sur un signe de son maître, Thompson sortit et revint bientôt accompagné d'un homme grand et mince.

– Mr Unkerton? (Le nouveau venu échangea une poignée de main avec le maître de maison.) Je suis désolé de vous importuner en un pareil moment. Nous remettrons notre petite conversation concernant le tableau à une autre fois. Ah! mon ami, Mr Satterthwaite! Toujours aussi épris de tragédie?

Un léger sourire effleura les lèvres du visiteur alors qu'il prononçait ces derniers mots.

– Mr Quinn, répondit gravement Mr Satterthwaite, nous sommes justement plongés au cœur d'un drame. Le commandant Porter, que voici, et moi-même, aimerions connaître votre opinion à ce sujet.

Mr Quinn s'assit. L'abat-jour rouge de la lampe placée derrière lui projetait sur l'étoffe à carreaux de son pardessus une large bande de lumière colorée. Son visage, laissé dans l'ombre, paraissait couvert d'un masque.

En peu de mots, Mr Satterthwaite lui retraça les points principaux de l'affaire et se tut, hors d'haleine, prêt à recueillir les paroles décisives de l'oracle.

Mais Mr Quinn se contenta de hocher la tête en remarquant simplement :

– Une triste histoire... l'absence de mobile m'intrigue beaucoup.

Unkerton le regarda fixement.

– Quelqu'un a entendu Mrs Staverton menacer

Richard Scott. Elle était terriblement jalouse de sa femme. La jalousie...

– Je sais, je sais... Mais vous avez mal interprété mes paroles. Je ne faisais pas allusion au meurtre de Mrs Scott mais à celui du capitaine Allenson.

– Vous avez raison, admit Porter en se redressant vivement. Il y a là quelque chose qui cloche. Si Iris avait projeté de tuer Moira, elle aurait attendu le moment de la surprendre seule. Nous sommes sûrement sur une mauvaise piste, et je crois que j'ai trouvé une autre solution. Je n'ai pas l'intention de contester le fait que trois personnes seulement se trouvaient dans le Jardin Secret, mais... supposons que le drame se soit déroulé différemment. Supposons que Jimmy Allenson ait tué Moira et se soit ensuite donné la mort. Ce n'est pas impossible. Il lâche le revolver dans sa chute... Iris, qui l'aperçoit en arrivant sur les lieux, le ramasse, exactement comme elle l'a déclaré. Qu'en pensez-vous?

L'inspecteur eut un geste d'impatience.

– Ça ne tient pas, commandant Porter. Si le capitaine s'était suicidé en appuyant le canon de l'arme contre sa poitrine, son vêtement porterait des traces de brûlure, là où la balle a pénétré.

– Il aurait pu tenir l'arme à bout de bras.

– Dans quel but? D'autre part, pour quel motif aurait-il voulu tuer Mrs Scott et se suicider ensuite?

– Un moment de folie? suggéra Porter. (Mais son ton manquait de conviction. Il garda un instant le silence puis, se tournant vers l'étranger :) Alors, Mr Quinn?

– Je ne suis pas un magicien, protesta l'interpellé,

pas même un criminologiste. Mais, je vous dirai cependant une chose... Je crois à la valeur des impressions. Au cours d'un drame, il y a toujours un fait qui, à vos yeux, se distingue du reste, une image qui se grave à votre insu dans votre esprit. Dans cette affaire, Mr Satterthwaite a dû être l'observateur le plus impartial de tous. Reportez votre esprit en arrière, Mr Satterthwaite, et dites-nous ce qui vous a le plus frappé. Est-ce le moment où vous avez entendu le coup de feu? Celui où vous avez vu le revolver dans la main de Mrs Staverton? Réfléchissez bien.

Mr Satterthwaite fixa Mr Quinn dans l'attitude de l'écolier qui s'apprête à répéter une leçon dont il n'est pas sûr.

– Non, articula-t-il lentement. Il ne s'agit d'aucun de ces événements. Le moment dont je me souviendrai toujours est celui où je me trouvais seul près des corps... et contemplais Mrs Scott. Je la voyais, étendue sur le côté. Ses cheveux étaient ébourrifés... Il y avait une goutte de sang sur le lobe de son oreille...

Et tout de suite, alors même qu'il prononçait ces mots, il eut conscience qu'il venait de dire quelque chose de terrible, d'une grande portée.

Unkerton sembla sortir de son apathie pour remarquer :

– Du sang sur son oreille? Oui, en effet, je me souviens à présent.

– Sa boucle d'oreille a dû se détacher dans sa chute, expliqua Mr Satterthwaite.

Mais il réalisa soudain que cela était fort improbable.

– Elle est tombée sur le côté gauche, précisa Porter. Je suppose qu'il s'agissait de cette oreille?

– Non, de l'oreille droite.

L'inspecteur sortit quelque chose de sa poche.

– J'ai trouvé ce morceau d'anneau doré dans l'herbe.

– Mais, bon sang! cria Porter. Cet anneau n'a pu être arraché ainsi au cours d'une simple chute. Je jurerais plutôt qu'il a été emporté par une balle.

– Mais... le commandant a raison! s'exclama Mr Satterthwaite.

– Voyons, remarqua posément l'inspecteur. Il n'y a eu que deux coups de feu. Une balle ne peut lui avoir effleuré l'oreille et lui traverser le corps dans le même temps. Et si l'une des balles lui a effleuré l'oreille et l'autre lui a traversé le corps, d'où vient celle qu'a reçue le capitaine? A moins qu'il ne se soit trouvé devant Mrs Scott et n'ait été transpercé par la même balle... Oh! non, même ainsi... à moins...

– A moins que Mrs Scott n'ait été dans ses bras à ce moment-là. C'est bien ce que vous vouliez dire?

Mr Quinn eut un vague sourire :

– Ma foi, pourquoi pas?

Tout le monde se regarda. L'idée leur paraissait tellement étrange... Allenson et Mrs Scott...

– Mais ils se connaissaient à peine! protesta Mr Unkerton.

– En sommes-nous certains? s'enquit pensivement Mr Satterthwaite. Ils se connaissaient peut-être mieux que nous le pensons? Lady Cynthia m'a raconté qu'elle avait rencontré Jimmy Allenson en

Egypte, l'hiver dernier, et vous... (Il se tourna vers Porter :) Vous m'avez appris que Scott a fait la connaissance de sa femme au Caire, vers la même époque. Il est fort probable, après tout, que les jeunes gens se soient connus là-bas.

– Pourtant, ici, je ne les ai pas vus souvent ensemble, protesta encore Unkerton.

– Non. Ils s'évitaient plutôt. A présent que j'y pense, leur attitude n'était pas très naturelle.

Ils fixèrent Mr Quinn, un peu surpris des conclusions auxquelles ils venaient d'aboutir, sans s'en douter.

Mr Quinn se leva et remarqua :

– Vous avez vu comment les impressions de Mr Satterthwaite nous ont éclairés. (Il se tourna vers Unkerton :) A votre tour, maintenant!

– Hein? Je ne comprends pas!

– Vous étiez très absorbé lorsque je suis arrivé dans cette pièce. J'aimerais savoir exactement ce qui vous obsédait. Peu importe si cela n'a rien à voir avec le drame ou si vous craignez de passer pour... superstitieux. (Mr Unkerton tressaillit légèrement.) Racontez-nous.

– Volontiers, bien que cela n'ait aucun rapport avec l'affaire et que vous vous moquerez probablement de moi. J'étais en train de souhaiter que ma femme ne persiste pas dans son idée de remplacer la vitre de la fenêtre hantée. J'ai peur que d'y avoir touché ait attiré la malédiction sur nous.

Il ne comprit pas pourquoi les deux hommes lui faisant face sursautaient soudain.

– Mais, elle ne l'a pas remplacée, finit par dire Mr Satterthwaite.

– Si. Le vitrier est venu ce matin de bonne heure.

– Grand Dieu! s'exclama Porter. Je commence à comprendre. La pièce est, j'imagine, lambrissée et non tapissée?

– En effet, mais je ne vois pas...

Porter était déjà hors de la pièce et les autres se lancèrent à sa suite. Il se rendit directement dans la chambre qu'avaient occupé les Scott, une grande pièce aux murs entièrement recouverts de panneaux de bois, et agrémentée de deux fenêtres exposées au sud.

Porter s'activa à tâter la boiserie du mur ouest.

– Il y a sûrement un ressort quelque part... Ah!

On entendit un déclic et une partie de la boiserie s'écarta, découvrant les vitres sinistres de la fenêtre hantée. Un des carreaux était propre et fraîchement posé.

Porter se baissa soudain et ramassa quelque chose qu'il éleva dans sa paume ouverte : une petite plume d'autruche. Il leva les yeux sur Mr Quinn qui hocha la tête en signe d'assentiment.

Porter ouvrit l'armoire à chapeaux qui contenait quantité de coiffures ayant appartenu à la victime et en tira une, ornée d'un large rebord et de plumes... un chapeau d'Ascot très travaillé.

Mr Quinn prit la parole d'une voix douce.

– Imaginons un homme de nature excessivement jalouse, un homme qui est venu ici, il y a des années, et qui connaît le secret du ressort dans la boiserie. Un jour, pour se divertir, il le fait jouer et jette un coup d'œil sur le Jardin Secret. Là, sûrs de ne pas être surpris, se trouvent sa femme et un autre homme. Dans son esprit malade, il ne doute pas un instant des sentiments que les prétendus coupables nourrissent l'un pour l'autre. Il est fou de rage. Que faire? Il lui vient une idée et, ouvrant l'armoire à chapeaux de sa femme, il coiffe celui qui est agrémenté d'un large rebord et de plumes volumineux. Il fait presque sombre et, se souvenant de l'histoire du fantôme, il se dit que quiconque viendrait à lever les yeux sur la fenêtre croirait y apercevoir l'ombre du Cavalier. Ainsi rassuré, il retourne à son poste et lorsque les amoureux sont dans les bras l'un de l'autre, il tire. Un merveilleux tireur... Alors que ses victimes s'écroulent, il tire à nouveau, cette balle arrache au passage l'anneau doré de sa femme. Il lance l'arme dans le jardin, s'élance dans les escaliers et sort en passant par la salle de billard.

Porter fit un geste vers le conteur.

– Mais il nous a laissé accuser Iris! Il n'a rien fait pour l'innocenter. Pourquoi?

– Je crois savoir pourquoi. J'imagine bien que ce ne soit là que conjecture de ma part, que Richard Scott fut, à une certaine époque, follement épris d'Iris Staverton, tellement épris que le fait de la rencontrer des années plus tard, ranima les cendres de la jalousie au fond de son cœur. A mon avis, Iris Staverson a cru, un temps, qu'elle aimait Scott, et ce fut pour s'en assurer qu'elle participa à une expédition en sa compagnie et celle d'un autre homme... Elle en revint, amoureuse du meilleur des deux.

– Le meilleur des deux? Vous voulez dire?...

– Oui, approuva Mr Quinn avec un demi-sourire. C'est bien de vous que je parle et si j'étais à votre place, j'irais la retrouver.

– J'y vais!

L'AUBERGE DU FOU AUX CLOCHETTES

(*AT THE BELLS AND MOTLEY*)

« Que d'ennuis! pensait Mr Satterthwaite. Quelle malheureuse journée! »

Ils étaient partis en retard; les pneus avaient crevé deux fois; ensuite, prenant une mauvaise direction, ils s'étaient égarés parmi les landes de la région de Salisbury.

A près de 8 heures du soir, une soixantaine de kilomètres restait à faire pour arriver à Marswick-Manoir, but de leur voyage, et voilà qu'un troisième éclatement de pneu les mettait dans une situation encore plus agaçante.

Mr Satterthwaite avait l'air d'un oiseau maigrichon tout ébouriffé de colère. Il marchait de long en large devant le garage du village pendant que son chauffeur, baissant la voix, discutait avec le garagiste.

– Une demi-heure au moins, conclut ce dernier.

– Si tout va bien, rectifia Masters, le chauffeur, ce sera plutôt, à mon avis, trois quarts d'heure ou une heure...

– Mais enfin, quel est cet endroit? demanda Mr Satterthwaite avec irritation.

En homme bien élevé, ne voulant froisser personne, il avait prononcé le mot « endroit » au lieu de l'insultant « trou perdu » qu'il avait d'abord eu aux lèvres.

– Kirtlington Mallet, lui fut-il répondu.

Mr Satterthwaite n'était pas plus renseigné, cependant, ce nom ne lui sembla pas inconnu. Il regarda autour de lui d'un œil méprisant.

Kirtlington Mallet ne se composait, à première vue, que d'une unique rue. Le garage et la poste, d'un côté, faisaient vis-à-vis à trois vagues boutiques. Un peu plus loin sur la route, Mr Satterthwaite aperçut une enseigne balancée par le vent et cela lui fut un léger réconfort.

– Je vois que vous avez une auberge, dit-il.

– Le *Fou aux Clochettes*, répondit le garagiste. C'est là-bas.

– Si j'osais proposer quelque chose à Monsieur, dit Masters, pourquoi ne pas essayer? On y donnera bien un repas quelconque, même s'il n'est pas du genre auquel Monsieur est habitué!

Il s'arrêta, un peu confus de sa proposition. Son maître était accoutumé à la meilleure cuisine des chefs du Continent et avait à son service un cordon-bleu qu'il payait très cher.

– Nous ne pourrons pas nous mettre en route avant trois quarts d'heure, j'en suis sûr; et il est déjà plus de 8 heures, continua le chauffeur. Monsieur pourrait téléphoner de l'auberge à Mr Georges Foster, pour lui expliquer les causes du retard.

– Vous m'avez l'air de croire que vous pouvez

tout arranger, Masters, dit Mr Satterthwaite sèchement.

Masters garda un silence prudent.

Quoique Mr Satterthwaite souhaitât repousser toutes les suggestions qui pourraient lui être faites, il regarda néanmoins l'enseigne rouillée de l'auberge avec une secrète approbation.

On a beau avoir un appétit d'oiseau, faire le difficile, on peut avoir faim tout comme un autre.

– *Le Fou aux Clochettes*..., dit-il pensivement. C'est un nom bizarre pour une auberge.

– Les gens qui y viennent sont bizarres aussi, à ce qu'on dit, observa le garagiste à mi-voix.

– Des gens bizarres... Qu'est-ce que vous entendez par là? demanda Mr Satterthwaite.

L'autre n'avait pas l'air d'avoir les idées très nettes à ce sujet.

– Des gens qui ne font que passer, répondit-il vaguement.

Mr Satterthwaite pensa que les personnes qui descendent dans une auberge sont par définition des voyageurs et non des sédentaires. Cette réponse manquait de précision, mais éveillait sa curiosité. Il lui fallait coûte que coûte perdre trois quarts d'heure. Cette auberge le distrairait...

Il partit, marchant comme toujours de son petit pas vif. Dans le lointain, on entendit un roulement de tonnerre. Le garagiste leva la tête et dit à Masters :

– Voilà l'orage qui s'amène : je le sentais dans l'air.

– Crénom! et soixante kilomètre à faire.

– Pas la peine de vous presser. Vous n'allez pas

repartir avant la fin de l'orage. Votre petit patron n'a pas l'air d'être homme à braver les tempêtes.

– J'espère qu'on ne le servira pas trop mal dans cette auberge? grommela le chauffeur. Je m'en vais y casser la croûte moi-même, à présent.

– Ne vous en faites pas, il y a une bonne table chez Billy Jones.

Le propriétaire du *Fou aux Clochettes*, le grand et robuste William Jones, approchait de la cinquantaine. Dès l'arrivée de Mr Satterthwaite, il s'empressa au-devant de lui.

– On peut vous faire un bon steak, monsieur, et des pommes de terre frites; quant au fromage, nous en avons d'excellents. Voulez-vous passer de ce côté, monsieur, dans la petite salle à manger. Nous n'avons pas grand monde à présent. Le dernier de ces messieurs débarqués pour la pêche vient de partir. Dans quelques temps, la maison sera pleine pour les chasses. Mais nous n'avons qu'un voyageur aujourd'hui, du nom de Quinn.

Mr Satterthwaite l'arrêta court.

– Quinn? dit-il avec intérêt. Vous avez dit Quinn.

– C'est son nom, monsieur. Un de vos amis peut-être?

– En effet; oh! ce doit être lui.

Mr Satterthwaite, très agité, bégayait. Il ne pouvait s'imaginer qu'il y eût au monde un autre Quinn. Le renseignement donné par l'hôtelier s'accordait de façon curieuse avec ce que l'homme du garage avait dit.

« Des gens qui ne font que passer. » Cela décrivait on ne peut mieux l'homme qu'il connaissait... Et le nom de cette auberge allait bien avec le reste.

– Mon Dieu! Mon Dieu! murmura Mr Satterthwaite. Quelle étrange coïncidence! Nous rencontrer ainsi. Mr Harley Quinn n'est-ce pas? reprit-il tout haut.

– C'est ça, monsieur, voilà la petite salle. Tenez, c'est ce gentleman.

Grand, brun, souriant, Mr Quinn se leva de table, et sa voix bien connue s'exclama :

– Mr Satterthwaite! Encore une fois! Quelle rencontre inattendue!

Mr Satterthwaite lui donna une énergique poignée de main.

– Vous m'en voyez enchanté, ravi. Quelle chance d'avoir eu cette panne! Mon auto, vous comprenez. Etes-vous ici pour longtemps?

– Je repars demain.

Mr Satterthwaite s'assit avec un petit soupir de satisfaction et regarda la figure souriante de son ami avec une lueur de curiosité dans les yeux.

Mr Quinn secoua la tête aimablement.

– Je vous assure, dit-il, que je n'ai pas de poissons rouges ou de lapins blancs dans ma manche.

– Quel dommage! s'écria Mr Satterthwaite un peu surpris. Oui, je dois avouer que... que j'ai toujours cette impression devant vous. Un prestidigitateur, un magicien, c'est comme cela que je vous vois.

– Et cependant, dit Mr Quinn, c'est vous qui faites les tours de passe-passe, pas moi.

– Ah! dit avec feu Mr Satterthwaite, je ne peux

pas les réussir sans vous. Il me manque, que dirons-nous, de l'inspiration.

Mr Quinn secoua la tête en souriant.

– C'est un trop grand mot. Je vous mets sur la voie, tout simplement...

A ce moment, l'hôtelier entra, apportant du pain et une motte de beurre.

Comme il posait le tout sur la table, un éclair illumina la pièce et un coup de tonnerre lui succéda.

– La nuit sera orageuse, messieurs, dit l'hôtelier.

– Un soir comme celui-ci..., commença Mr Satterthwaite – mais il s'arrêta.

– C'est drôle, reprit Billy Jones, j'allais justement dire la même chose. C'est un soir comme celui-ci que le capitaine Harwell amena sa jeune épouse chez elle, ce même soir après lequel il disparut pour toujours.

– Ah! s'écria Mr Satterthwaite, vous m'en direz tant...

Tout s'expliquait. Voilà pourquoi le nom du pays avait éveillé son attention. Trois mois auparavant il avait lu attentivement tous les détails concernant l'étonnante disparition du capitaine Richard Harwell. Très intrigué par ce mystérieux événement, il s'était fait une opinion personnelle sur cette affaire.

– C'est dans mon hôtel qu'il était descendu pour les chasses, l'hiver dernier. Oh! je le connaissais bien. Vraiment un beau jeune homme, et on ne pouvait supposer qu'il eût le moindre souci en tête. On l'a tué, je n'en démordrai pas. Combien de fois les ai-je vus, revenant à cheval tous les deux, miss Le Cartier et lui. Tout le village disait que ça finirait par un mariage. En effet, c'est ce qui arriva. Une très belle jeune femme qu'on estimait beaucoup, malgré qu'elle fût étrangère.

C'est quelque chose d'inexplicable. Jamais on ne saura ce qui est arrivé. Sûrement, ce mystère lui a broyé le cœur. Vous avez su qu'elle avait vendu la propriété et qu'elle était partie pour le Continent; elle ne pouvait plus supporter de vivre ici, où des gens la regardaient et la montraient du doigt... Pourtant ce n'était pas sa faute, la pauvre dame... Il n'y a pas à dire, c'est une histoire bien mystérieuse.

Il hocha la tête; puis, se rappelant tout à coup ses devoirs d'hôtelier, il se précipita à la cuisine.

– Histoire bien mystérieuse, en effet. Etait-ce un mauvais présage? Sait-on jamais?... Quoi qu'il en soit, constata avec calme Mr Quinn, c'est une énigme à résoudre.

Mr Satterthwaite sursauta :

– Allez-vous dire que nous pouvons éclaircir ce problème alors que Scotland Yard n'y a pas réussi?

– Pourquoi pas? Trois mois sont déjà écoulés. C'est un avantage pour nous.

– C'est vrai. J'oubliais que vous avez une façon très curieuse de voir les choses.

– Je dis que plus il y a de temps passé, plus les faits prennent leurs véritables proportions. On voit mieux les rapports qu'ils ont les uns avec les autres.

Les deux hommes restèrent silencieux pendant quelques minutes.

– Je ne suis pas sûr de me rappeler clairement toute l'affaire, dit Mr Satterthwaite d'une voix hésitante.

– Mais si, vous vous en souvenez très bien, répondit paisiblement Mr Quinn.

C'était l'invitation qu'attendait Mr Satterthwaite. La vie n'était pour lui qu'un spectacle sans cesse renouvelé. C'était seulement en présence de Mr Quinn que les rôles se renversaient. Celui-ci devenait un auditeur attentif et Mr Satterthwaite entrait en scène comme acteur.

– Il y a juste un an, commença-t-il, qu'Ashley Grange fut acheté par miss Eleanor Le Cartier. C'est une belle maison ancienne, mais assez délaissée, ayant été inhabitée plusieurs années. Miss Le Cartier était tout à fait la châtelaine qui convenait. Elle était canadienne, ses ancêtres français avaient émigré lors de la grande révolution. Elle hérita de sa famille des meubles de style et des collections de très grosse valeur. Amateur d'antiquités, elle savait acheter avec jugement et avec goût. Aussi quand elle se décida, après le drame, à vendre la propriété avec tout ce qu'elle contenait, Mr Cyrus G. Bradburn, le multimillionnaire américain, ne fit pas de difficultés pour lui donner d'Ashley Grange ce qu'elle en demandait : soixante mille livres.

» Je m'excuse de mentionner ces détails, bien qu'ils n'aient pas de rapports directs avec l'affaire qui nous occupe, mais c'est pour vous donner une idée de l'atmosphère qui entourait la jeune Mrs Harwell.

Mr Quinn fit un signe d'assentiment.

– L'atmosphère a beaucoup d'importance, dit-il avec gravité.

– Nous pouvons donc nous représenter la jeune femme, continua son interlocuteur, une beauté brune accomplie, vingt-trois ans, et riche, il ne faut pas l'oublier. Elle était orpheline. Une Mrs Saint-Clair, d'une éducation irréprochable et de très bonne famille, lui servait de dame de compagnie et de chaperon. Mais Eleanor dirigeait sa fortune et en avait le contrôle absolu. Les amateurs de dot ne manquaient pas. Une douzaine au moins de jeunes gens papillonnaient autour d'elle, dans les soirées, à la chasse, partout où elle allait. Pour tous, elle restait insensible et refusait toute demande en mariage.

» Cette indifférence dura jusqu'à l'arrivée de Richard Harwell. Celui-ci s'installa à l'auberge pour la durée des chasses. C'était un cavalier impétueux, très beau garçon, rieur, audacieux. Vous vous rappelez le vieil adage, Mr Quinn? Heureuses sont les amours rapides. Après quelques semaines, Richard Harwell et Eleanor Le Cartier étaient fiancés.

» Le mariage eut lieu trois mois plus tard. Le jeune couple alla passer la lune de miel sur le Continent et, après quinze jours d'absence seulement, revint à Ashley Grange. L'hôtelier vient de nous dire que ce fut par une nuit orageuse comme celle-ci qu'ils rentrèrent chez eux.

» Etait-ce un mauvais présage? Sait-on jamais?... Quoi qu'il en soit, le lendemain matin, très tôt, vers 7 heures et demie, le capitaine fut aperçu se promenant dans le parc, par l'un des jardiniers, John

Mathias. Harwell sifflotait, tête nue, l'air heureux et inconscient.

» Pourtant à partir de ce moment-là, personne, à ma connaissance, n'a revu Richard Harwell.

Mr Satterthwaite s'arrêta pour mettre en valeur cet instant dramatique de son histoire. Le regard attentif de Mr Quinn lui donna l'encouragement qu'il souhaitait. Il continua :

– La disparition était étonnante, inexplicable... Ce ne fut que le lendemain que la jeune femme, affolée, fit prévenir la police. Comme vous le savez, Scotland Yard n'a pas encore éclairci ce mystère.

– On a dû émettre plusieurs théories, je suppose? demanda Mr Quinn.

– Bien entendu. D'après la première, le capitaine aurait été assassiné. Mais, dans ce cas, où serait le corps? Et pour quel motif le crime? Il n'avait pas un ennemi.

Cependant, Mr Satterthwaite dit ces derniers mots d'un air incertain. Mr Quinn se pencha vers lui.

– Vous pensez au jeune Stephen Grant.

– En effet, Stephen Grant, si mes souvenirs sont exacts, était le palefrenier de Richard Harwell et avait été renvoyé par son maître pour quelque peccadille. Le matin de la disparition du capitaine, de très bonne heure, Stephen avait été vu dans le voisinage d'Ashley Grange et n'avait pu donner de sa présence dans ces parages une explication satisfaisante. Il fut arrêté et gardé par la police comme étant impliqué dans la disparition du capitaine Harwell. Cependant, aucune preuve convaincante ne put être établie contre lui. On dut le relâcher.

» Evidemment, il pouvait en vouloir au capitaine de l'avoir renvoyé, mais ce motif était vraiment trop insignifiant pour entraîner un crime. Alors, je suppose que la police voulait avoir l'air de faire quelque chose... Je vous le répète, personne n'avait de rancune contre Richard Harwell.

– Oui, autant qu'on peut le savoir, dit Mr Quinn dubitativement.

– Vous avez raison, que savait-on, après tout, du capitaine Harwell? Qui était-il? D'où venait-il? Il tombait du ciel. On voyait un superbe cavalier paraissant avoir une certaine fortune, mais personne à Kirtlington Mallet n'a cherché à se renseigner. Miss Le Cartier n'avait ni parents ni tuteur qui eussent pu s'enquérir de la situation sociale et du passé de son fiancé. Elle était totalement indépendante. L'opinion de la police fut très nette : une riche héritière et un audacieux imposteur.

» Jugement trop simple. Evidemment, miss Le Cartier n'avait ni famille ni tuteur, mais elle confiait ses affaires à une excellente étude d'avoués de Londres. Leur témoignage ne corrobora pas l'opinion de la police. D'après eux, Eleanor Le Cartier voulait allouer une certaine somme à son fiancé, mais celui-ci la refusa, déclarant qu'il n'avait nul besoin de cet argent, ayant une fortune personnelle. Il fut prouvé dans la suite qu'il n'avait pas touché un sou de celle de sa femme.

» Il ne s'agissait donc pas d'un escroc ordinaire. Quel était donc son but? Voulait-il faire du chantage dans une date à venir si Eleanor décidait de se séparer de lui? Je vous avoue qu'une idée de ce genre me semblait la seule solution possible... jusqu'à ce soir.

Mr Quinn l'encouragea.

– Ce soir?

– Ce soir, je ne trouve pas cela satisfaisant. Comment a-t-il pu disparaître d'une façon aussi soudaine et aussi radicale à cette heure de la matinée où les cultivateurs se rendent à leur travail et circulent dans les champs? Et il était nu-tête.

– Ce dernier point ne laisse aucun doute, puisque le jardinier l'a vu.

– Oui, le jardiner John Mathias. Y aurait-il autre chose, je me le demande?

– La police n'a pas dû négliger d'interroger cet homme.

– On l'a pressé de questions. Il n'a jamais varié dans ses dépositions. Sa femme les a confirmées. Il a quitté son cottage pour s'occuper des serres; il est revenu à 8 heures moins 20. Dans la maison, les domestiques ont entendu la porte claquer à 7 heures et quart. Ce qui indique le moment où Harwell est sorti... Ah! je vous vois venir : je sais à quoi vous pensez.

– Peut-être, dit Mr Quinn.

– Voyons, Mathias aurait eu le temps de tuer son maître?... Mais pourquoi, mon ami? Pourquoi? Et si cela était, qu'aurait-il fait du corps?

A ce moment l'hôtelier revint portant un plateau.

– Je regrette de vous avoir fait attendre si longtemps, messieurs.

Il posa sur la table un steak énorme et un plat débordant de pommes de terre croustillantes. Les narines de Mr Satterthwaite se dilatèrent. Il voulut être aimable.

– Tout cela a l'air excellent. Nous parlions justement de la disparition de Richard Harwell. Qu'est devenu Mathias le jardinier?

– Il est parti avec sa femme. Ils se sont placés ailleurs, en Essex, je crois! Mathias ne tenait pas à rester ici. Certaines personnes le regardaient de travers, vous comprenez... Moi, je n'ai jamais cru pourtant qu'il avait été mêlé à ça.

Mr Satterthwaite attaqua le plat. Mr Quinn l'imita. Billy Jones semblait tout disposé à bavarder. Mr Satterthwaite n'y voyait pas d'objection, cela pouvait être utile.

– Ce Mathias, voyons, demanda-t-il, quel genre d'homme?

– Un type d'un certain âge, il a dû être un rude gaillard, autrefois, mais il est tout courbé et boiteux à force de rhumatismes. Il a eu plusieurs fois des crises terribles, obligé de se coucher, incapable de faire aucun travail. Je crois bien que c'était pure bonté de la part de miss Eleanor de l'employer. Il ne pouvait presque plus être utile comme jardinier, sa femme rendait service dans la maison. C'est une ancienne cuisinière et elle était toujours prête à donner un coup de main.

– Comment était-elle? demanda Mr Satterthwaite vivement.

La réponse de l'hôtelier le désappointa.

– Quelconque. Plus jeune, et d'humeur morose. Sourde avec ça. Je n'ai jamais su grand-chose sur eux. Ils n'étaient ici que depuis un mois quand la chose est arrivée. On dit que Mathias a été un excellent jardinier dans le temps. Il a montré à miss Eleanor des certificats de tout premier ordre.

– Est-ce qu'elle s'intéressait au jardinage? demanda Mr Quinn.

– Non, monsieur, elle n'était pas comme quelques-unes des dames de par ici qui paient cher leurs jardiniers et malgré ça sont tout le temps à genoux à farfouiller la terre. J'appelle ça de la bêtise. Miss Le Cartier ne séjournait pas beaucoup à Ashley Grange, vous comprenez, excepté pour la saison des chasses. Le reste du temps, elle allait à Londres ou sur ces plages étrangères où il y a tant de monde...

Mr Satterthwaite sourit.

– Il n'y a pas eu d'histoires de femmes avec le capitaine Harwell? demanda-t-il.

Mr William Jones secoua la tête.

– Rien du tout, rien du tout. Non, c'est bien mystérieux, il n'y a pas à dire.

– Et vous, quelle est votre opinion personnelle? insista Mr Satterthwaite.

– Je ne sais que penser. Je crois dur comme fer qu'on l'a tué, mais qui? je n'en sais rien... Je vais chercher le fromage.

Il sortit, emportant les plats vides. L'orage qui s'était calmé recommençait avec une vigueur nouvelle. Un éclair en zigzag fut suivi d'un si grand coup de tonnerre que Mr Satterthwaite bondit sur sa chaise. Les roulements du tonnerre n'étaient pas encore apaisés qu'une jeune fille entra, apportant le fromage annoncé – une belle fille grande et brune, mais dont l'expression était triste et lasse. Elle ressemblait trop à l'hôtelier pour qu'on pût douter qu'elle ne fût sa fille.

– Bonsoir, Mary, dit Mr Quinn. Quel orage!

– Je déteste cela, murmura-t-elle.

– Le tonnerre vous fait peur? demanda Mr Satterthwaite.

– Avoir peur du tonnerre, moi? Je n'ai pas peur de grand-chose. Non, mais l'orage les fait parler; ils radotent toujours les mêmes choses. Père commence : « Cet orage me fait penser au soir où le pauvre capitaine Harwell... » et ainsi de suite. (Elle se tourna vers Mr Quinn.) Vous l'avez entendu, n'est-ce pas? A quoi bon? Ne peut-on laisser le passé tranquille?

– Une chose n'est passée que lorsqu'elle est terminée.

– N'est-elle pas terminée, cette affaire? Et s'il avait voulu disparaître? Ça leur arrive, à ces beaux messieurs, de faire des fugues.

– Vous pensez qu'il est parti volontairement?

– Pourquoi pas? Ce serait plus logique que d'imaginer qu'un brave garçon comme Stephen Grant ait pu le tuer. Et pourquoi? Je voudrais bien le savoir. Stephen avait bu un coup de trop, il a répondu d'une façon impertinente et a été renvoyé. Et après? Il a trouvé facilement une aussi bonne place. Est-ce une raison pour assassiner un homme?

– Mais la police n'a pas douté de son innocence, sûrement! intervint Mr Satterthwaite.

– La police! C'est sans importance. Mais quand Stephen vient au café, le soir, tout le monde le regarde d'un air bizarre. On ne croit pas vraiment qu'il ait tué Harwell, mais on n'en est pas sûr, alors on le regarde de travers et les gens s'écartent. Est-ce une vie agréable, pour un homme, que de voir les autres le fuir comme s'il avait la peste? Pourquoi mon père ne veut-il plus entendre parler de notre mariage? « Non, ma fille, ça ne me convient pas. Je n'ai rien contre Stephen, mais que savons-nous après tout?... »

Elle s'interrompit. Sa poitrine se soulevait d'émotion.

– C'est cruel, injuste. Stephen qui ne ferait pas de mal à une mouche... Et pendant toute sa vie on le soupçonnera. Il en devient amer, changé. C'est bien naturel, n'est-ce pas? Mais plus il devient triste, plus on pense qu'il doit y avoir quelque chose de louche.

Elle s'arrêta encore une fois, et ne quitta pas Mr Quinn des yeux, comme si cette explosion de paroles avait été provoquée par son influence.

– Ne peut-on rien faire? dit Mr Satterthwaite, sincèrement ému devant une situation réellement pénible. Plus les soupçons formés contre Stephen Grant étaient vagues et peu fondés, plus il lui était impossible de se disculper entièrement.

La jeune fille se tourna vers lui.

– Il n'y a que la vérité qui puisse l'aider! cria-t-elle. Si l'on retrouvait le capitaine Harwell, s'il revenait, ou si l'on savait comment les choses se sont passées...

Sa voix se brisa dans un sanglot et elle sortit rapidement de la pièce.

– C'est une belle fille, dit Mr Satterthwaite. Elle me fait de la peine. Je voudrais vraiment qu'on puisse faire quelque chose pour elle.

– Nous faisons ce que nous pouvons, Mr Satterthwaite. Nous avons encore presque une demi-heure avant que votre auto ne soit prête.

– Vous m'étonnez. Vous pensez que nous découvririons la vérité en causant tout simplement?

– Vous avez été témoin de tant de choses.

– La vie est passée près de moi sans me voir, elle ne m'a rien donné, dit Mr Satterthwaite avec un peu d'amertume.

– Mais vous avez eu le temps d'étudier les autres. Rien ne vous échappe.

– C'est vrai, j'observe beaucoup.

Les louanges de son ami l'avaient rasséréné. Il tapota pensivement le revers de son veston.

– J'estime, dit-il après une minute ou deux, que pour découvrir la cause, nous devons en étudier les effets.

– Très bien, approuva Mr Quinn.

– Dans ce cas, c'est d'abord le changement de vie de miss Le Cartier, je veux dire Mrs Harwell. Elle est mariée sans l'être, mais elle n'est plus libre. Regardons bien. Nous voyons Richard Harwell sous un jour sinistre, un homme venu d'on ne sait où, avec un passé complètement inconnu.

– Cela saute aux yeux, je suis de votre avis. Harwell devient un personnage douteux.

A quoi pouvait bien songer Mr Satterthwaite? Il poursuivit cependant :

– Nous avons étudié l'effet ou le résultat, passons.

– Vous n'avez pas étudié le résultat strictement matériel.

– Vous avez raison. Travaillons plus sérieusement. Disons que par suite de ce drame, Mrs Harwell reste seule dans l'incertitude, ne peut se remarier, que Mr Cyrus Bradburn a pu acheter Ashley Grange – et ce pour soixante mille livres, n'est-ce pas? – et qu'un inconnu, en Essex, a pu prendre Mathias comme jardinier. Nous ne soupçonnons pas cependant Mr Bradburn ou cet inconnu d'avoir combiné la disparition du capitaine Harwell.

– Vous devenez sarcastique.

– Mais vous pensez comme moi.

– Tout à fait, l'idée est absurde. Continuons.

– Imaginons que nous sommes revenus au jour même de la disparition.

– Non, non. Puisqu'en imagination nous dominons le temps, tournons la question dans l'autre sens. Le capitaine a disparu il y a cent ans? C'est-à-dire que nous sommes dans l'an de grâce deux mille vingt-cinq, et que nous regardons en arrière.

– Vous êtes un homme étrange, vous ne croyez que dans le passé, pourquoi?

– Il n'y a pas assez d'atmosphère dans le présent.

– C'est peut-être vrai, le présent n'a pas de perspective, il est borné.

– C'est le mot juste.

Mr Satterthwaite fit un petit salut.

– Vous me flattez, mon ami.

– Alors, dit Mr Quinn, regardons l'année dernière. Résumez la situation, voulez-vous, avec la netteté de vue qui vous est habituelle. Mais avec le recul d'un siècle.

Mr Satterthwaite prit son temps avant de commencer, voulant faire honneur à sa réputation.

– Il y a un siècle, 1924 fut l'année des mots croisés et de l'affaire du Chat cambrioleur, n'est-ce pas?

– Bien. Ne parlez-vous que de l'Angleterre ou des autres pays également?

– Quant aux mots croisés, je dois avouer que je n'en sais rien, mais le Chat cambrioleur fit sensation sur le Continent. Vous vous souvenez de cette série de vols extraordinaires commis en France dans les châteaux. Un homme seul n'aurait pu les réussir. Des tours de force qui tenaient du prodige furent accomplis pour pénétrer dans certaines demeures. On a soupçonné une troupe d'acrobates – les Clondini. Je les ai vus une fois pendant une représentation. Ils étaient admirables... Il y avait la mère, le fils et une fille. Ils ont quitté les planches brusquement... Mais nous nous éloignons du sujet...

– Pas tant que cela. Il n'y a que la Manche à traverser.

– Revenons à Harwell. Pourquoi a-t-il disparu? s'écria Mr Satterthwaite. On n'y comprend rien. C'est comme un tour de passe-passe.

– Ah! voilà qui nous donne l'atmosphère. Et quel est l'essentiel d'un tour de passe-passe?

– La rapidité de la main qui trompe le regard, répondit immédiatement Mr Satterthwaite.

– Tout est là, n'est-ce pas? Tromper le regard. Tantôt par la rapidité de la main, tantôt par d'autres moyens, et ils sont nombreux. Le coup de pistolet, le mouchoir qu'on agite, quelque chose qui semble avoir de l'importance et qui, en réalité, n'en a aucune.

Mr Satterthwaite se pencha, les yeux brillants.

– Il y a du vrai dans ce que vous dites. Nous tenons une idée intéressante. Le coup de pistolet. Quel est-il dans le tour que nous discutions? Quel est le moment palpitant qui doit frapper l'imagination? (Il s'arrêta ému, puis reprit :) La disparition. Supprimez-la, il ne reste rien.

– Rien. Supposez que les choses suivent leur cours sans cet incident dramatique.

– Vous voulez dire : supposons que miss Le Cartier en soit encore à vendre Ashley Grange à Mr Bradburn et à s'en aller sans raison valable.

– Eh bien?

– Eh bien! pourquoi pas... Evidemment cela aurait fait parler. On se serait intéressé à la valeur des collections. Oh! attendez!... Mais bien sûr! La lumière des projecteurs éclaire le capitaine et à cause de cela, *elle* reste dans l'ombre. Chacun demande : « Quel est cet Harwell? D'où vient-il? » Mais parce que miss Le Cartier est la victime, personne ne se renseigne sur elle. Est-elle vraiment canadienne française? A-t-elle vraiment fait ces beaux héritages? Vous aviez raison quand vous disiez que nous ne nous éloignons pas de notre sujet – rien que la Manche à traverser. Ces fameux héritages étaient le produit des vols commis dans les châteaux en France; il était difficile de s'en défaire... Elle achète la maison – pour une bouchée de pain, probablement – s'y installe, paie largement l'irréprochable dame anglaise qui doit la chaperonner. Puis *il arrive*. Tout est comploté d'avance : le mariage, la disparition. Quoi de plus naturel qu'après une telle épreuve, une femme désire vendre tout ce qui évoque pour elle le bonheur passé, le drame récent? L'Américain est un connaisseur, les choses sont belles et authentiques. Il fait une offre, elle l'accepte.

» Elle quitte le pays jouant son rôle de désespérée jusqu'au bout. Le *grand coup* a réussi. Le public à été trompé par la rapidité de la main et le bel effet de présentation.

Mr Satterthwaite s'arrêta, rouge de plaisir et d'orgueil.

– Mais sans vous, je n'aurais jamais découvert tout cela, ajouta-t-il pris soudain d'humilité. Vous exercez sur mon esprit un effet très curieux. Vous avez le don d'éclairer une situation. Mais je ne savais pas encore tout. Cela a dû être rudement difficile pour Harwell de disparaître de cette façon. La police devait le rechercher dans toute l'Angleterre.

– Sans aucun doute, dit Mr Quinn.

– Si la chose était possible, rester caché à la Grange était encore le meilleur moyen.

– Il devait être tout près d'Ashley Grange, déclara Mr Quinn avec un air entendu que remarqua Mr Satterthwaite.

– Le cottage de Mathias? s'exclama-t-il. Mais la police a dû le fouiller à fond.

– Plusieurs fois, j'imagine.

Mr Satterthwaite regardait son ami fixement.

– Si ce sont les Clondini, ajouta-t-il, ils étaient trois. Harwell et Eleanor seraient les enfants, la mère, Mrs Mathias. Mais, dans ce cas...

– Mathias souffrait de rhumatismes, n'est-ce pas? demanda innocemment Mr Quinn.

– Oh!... j'y suis! mais était-ce faisable? Ecoutez. Mathias est resté là un mois pendant l'absence du couple. La première quinzaine avant le mariage, ils étaient à Londres. Un homme habile pouvait jouer les deux rôles. Quand Harwell se trouvait à Kirtlington Mallet, Mrs Mathias disait que son mari était cloué au lit par ses douleurs. Son rôle était nécessaire : sans elle, quelqu'un pouvait découvrir la supercherie. Comme vous dites, *Harwell était Mathias.* Quand le tour fut joué, et Ashley Grange vendu, lui et sa femme (en fait sa mère) déclarèrent qu'ils allaient se placer en Essex. *Exit* John Mathias et sa femme pour toujours. Ils ont sans doute retrouvé sur le Continent la soi-disant Eleanor.

On frappa à la porte de la salle et Masters entra.

– La voiture est prête, monsieur.

Mr Satterthwaite se leva et Mr Quinn alla à la fenêtre écarter les rideaux. Un rayon de lune entra dans la pièce.

– L'orage est fini, annonça-t-il.

Mr Satterthwaite mettait ses gants.

– Le préfet de police dîne avec moi la semaine prochaine, dit-il d'un air important. Je lui exposerai ma théorie.

– La preuve sera facile à faire, ajouta Mr Quinn. Il suffira de comparer l'inventaire d'Ashley Grange avec une liste des objets volés donnée par la police française.

– Exactement. Ce sera dur pour Mr Bradburn, mais qu'y faire?

Mr Satterthwaite lui tendit la main.

– Au revoir. Je ne peux pas vous dire combien

cette rencontre inattendue m'a fait plaisir. Vous partez demain m'avez-vous dit, je crois?

– Tout à l'heure, probablement. J'ai accompli la mission que je m'étais fixée ici. Je ne fais que passer.

Mr Satterthwaite se souvint d'avoir entendu la même phrase au début de la soirée.

» C'est assez curieux », pensa-t-il.

Comme il allait monter dans son auto près de laquelle attendait Masters, on entendit par la porte ouverte du café la forte voix grasse de l'hôtelier.

– Quel sacré mystère que cette affaire-là, quel sacré mystère!

William Jones, ayant du jugement, employait des adjectifs plus ou moins corsés, selon la qualité de ses auditeurs, et ceux-ci appréciaient le sel de ses discours.

Mr Satterthwaite s'installa avec satisfaction dans sa confortable limousine. Il était tout gonflé de son succès. La jeune Mary descendit les marches du perron et s'arrêta sous l'enseigne rouillée.

« Elle ne se doute pas, se dit-il, de ce que je vais faire pour elle. »

L'enseigne du *Fou aux Clochettes* se balança doucement dans la brise.

UN SIGNE DANS LE CIEL

(*THE SIGN IN THE SKY*)

Audience au Palais de Justice de Londres.

Le président terminait sa déclaration aux jurés :

– Maintenant, messieurs, je crois vous avoir dit à peu près tout ce que j'avais à dire. Les faits sont contre l'accusé. Vous suffisent-ils pour en conclure qu'il est coupable du meurtre de lady Vivien Barnaby? Vous avez entendu le témoignage des domestiques. Ils ont affirmé unanimement que le coup de feu a été tiré à 18 h 20. Vous avez eu en main la lettre écrite à l'accusé par Vivien Barnaby le matin de ce même jour, vendredi 13 septembre. L'accusé, en premier lieu, a affirmé qu'il n'était pas allé à Deering Hill ce soir-là. Il ne l'a avoué que lorsque la police en eut donné des preuves formelles. Ceci a une grande importance pour votre verdict. La défense prétend qu'une personne – on ignore qui – est entrée dans le salon de musique après le départ de l'accusé, et que cette personne aurait tué Vivien Barnaby avec le fusil que l'accusé avait oublié. Vous avez entendu l'accusé expliquer pourquoi il lui fallut une demi-heure pour rentrer chez lui. Si vous ne croyez pas ce qu'il dit, et si vous êtes persuadés que, le vendredi 13 septembre, il tua d'un coup de fusil à la tête Lady Vivien Barnaby, alors, messieurs, votre verdict doit être affirmatif. Par contre, si vous avez des doutes, votre devoir est d'acquitter. Je vous demande maintenant de vous retirer pour délibérer et de me faire ensuite connaître votre décision.

Le jury fut absent près d'une demi-heure. Il rendit le verdict que tout le monde attendait, c'est-à-dire : « coupable ».

Mr Satterthwaite quitta pensif le Palais de Justice après avoir entendu le verdict. En toute autre occasion, un simple procès comme celui-là ne l'eût pas intéressé; mais le cas de Wylde était différent. Le jeune Martin Wylde était ce que l'on appelle un « gentleman » et de plus Mr Satterthwaite avait connu personnellement la victime, lady Barnaby, la jeune femme de sir George Barnaby.

Tout en méditant sur les événements, Mr Satterthwaite s'en allait dans la direction de Holborn. Suivant des rues étroites et sales, il arriva à un petit restaurant qui, quoique peu connu du grand public, était réputé parmi les gourmets et, par conséquent, fort cher!

L'ambiance en était très calme; à peine entendait-on le va-et-vient des maîtres d'hôtel dont la gravité et les gestes lents avaient quelque chose de rituel. Ce restaurant se nommait l'*Arlecchino*.

Mr Satterthwaite entra et, toujours absorbé par ses pensées, se dirigea vers sa table favorite, dans un coin retiré. La pénombre qui baignait le restaurant ne lui permit pas de voir, avant d'en être à quelques pas, que cette table était occupée. Mais il ne s'éloigna pas, au contraire, car, à sa grande surprise, il venait de reconnaître la brune figure d'un ami.

– Mr Quinn! Quel heureux hasard! dit-il.

Trois fois déjà il avait rencontré Mr Quinn et, chaque fois, leur rencontre avait amené un événement extraordinaire. Personnage étrange, ce Mr Quinn, qui avait le don de vous montrer ce que vous connaissiez depuis longtemps sous un jour très différent.

Aucune rencontre ne pouvait être plus agréable à Mr Satterthwaite.

– Voilà qui est heureux, répéta-t-il avec satisfaction. Vous permettez que je m'assoie à votre table?

– J'en serai ravi. Comme vous le voyez, je n'ai pas encore commencé.

Un maître d'hôtel sortit de l'ombre et prit la commande que lui donna Mr Satterthwaite après avoir, avec soin, étudié le menu. Le maître d'hôtel retiré, Mr Satterthwaite commença :

– Je reviens du Palais de Justice : une pénible affaire.

– Oui, le jury n'a délibéré qu'une demi-heure.

Mr Quinn baissa la tête.

– Ce dénouement était inévitable, tout était contre lui. Et cependant..., reprit Mr Satterthwaite.

Il s'arrêta. Mr Quinn finit la phrase pour lui :

– ... Et cependant vos sympathies allaient à l'accusé. Est-ce cela que vous alliez dire?

– Je crois que oui. Martin Wylde était un garçon sympathique; on a peine à le croire criminel. Mais, depuis quelque temps, on a vu beaucoup de jeunes gens sympathiques devenir des assassins.

– Trop, dit Mr Quinn tranquillement.

– Comment?

– Trop pour Martin Wylde, car il y eut, dès le début de cette affaire, une tendance à le regarder comme appartenant à cette même triste série : un homme cherchant à se débarrasser d'une femme pour en épouser une autre.

– Laissez-moi essayer de vous expliquer, dit Mr Satterthwaite. Je connaissais les Barnaby...

Mr Quinn écouta attentivement. Mr Satterthwaite, les deux mains posées sur la table, dépeignit avec animation la vie à Deering Hill, résidence de sir Barnaby et lieu du drame : sir George, vieux, obèse, avare, maniaque, remontait ses pendules tous les vendredis après-midi, vérifiait les comptes de la maison le mardi matin, verrouillait lui-même sa grand-porte tous les soirs.

De sir Georges, il passa à lady Barnaby, qu'il n'avait vue qu'une fois, mais suffisamment pour l'avoir jugée impulsive, terriblement jeune, une enfant.

– Elle le haïssait, vous m'entendez, elle l'épousa sans trop savoir ce qu'elle faisait, et maintenant... Elle n'avait pas d'argent à elle, et dépendait entièrement de son mari : elle était extrêmement simple, à peine consciente de sa beauté. Quant à Martin Wylde, je ne l'ai jamais vu avant le procès, mais j'ai souvent entendu parler de lui. Il habitait à un kilomètre de là. C'était un gentleman farmer et, tout à coup, lady Barnaby s'intéressa à la culture, ou feignit de s'y intéresser. Je crois qu'elle vit en Martin Wylde le seul dérivatif à son existence et peut-être le seul moyen de s'en échapper; elle s'accrocha à lui avec toute l'impétuosité de sa jeunesse. On pouvait d'avance prévoir la fin de ce roman. Lui avait conservé toutes ses lettres, qui, d'ailleurs, ont été lues au Palais; et d'après le ton des dernières on comprenait qu'il se lassait d'elle. Elle n'avait gardé aucune lettre de Martin Wylde.

» En effet, depuis quelque temps, Martin fréquentait une jeune fille, Sylvia Dale, qui habitait aussi Deering Vale et dont le père était médecin. Peut-être l'avez-vous vue au Palais? Non, c'est vrai, vous n'y étiez pas. Une jeune fille blonde, très blonde, gentille, un peu bornée, je crois, mais très franche.

Mr Satterthwaite s'arrêta un instant. Mr Quinn, d'un signe de tête, l'encouragea à continuer son récit.

– Vous avez entendu la lecture de la dernière lettre de lady Barnaby, ou plutôt vous l'avez lue dans les journaux? Celle qui a été écrite le vendredi matin 13 septembre; une lettre désespérée, une lettre de reproches, qui suppliait Martin de venir le soir même, à 18 heures : « Je laisserai la porte de service ouverte, personne ne saura que vous êtes venu. Je serai dans le salon de musique. » Cette lettre avait été portée.

» Au début de son arrestation, vous vous souvenez que Martin Wylde niait être allé chez lady Barnaby ce soir-là; il disait qu'il était parti chasser dans les bois. Mais la police apporta des preuves contraires à cette déclaration. On avait trouvé ses empreintes digitales sur la porte de service et sur un des verres à cocktails dans le salon de musique. A la fin il admit être allé chez lady Barnaby, avoir eu avec elle une conversation orageuse, mais affirma qu'à la fin il était parvenu à la calmer. Il jura qu'il avait laissé son fusil contre le mur extérieur, près de la porte de service, et que lorsqu'il quitta lady Barnaby vivante, il était à peu près 18 h 15. Il était rentré directement chez lui, affirma-t-il. Mais les preuves démontrent qu'il n'arriva à sa propriété qu'à 18 h 45. Or, pour parcourir un kilomètre, il ne faut pas une demi-heure. Il affirma encore avoir oublié son fusil à l'endroit où il l'avait laissé en entrant. Déclaration un peu bizarre, peut-être, mais au fond, plausible. Beaucoup d'hommes sont très émotifs, ils supportent mal les scènes. Je me représente très bien Martin s'en allant bouleversé, et ne pensant plus à son fusil!

Mr Satterthwaite fit encore une pause, puis continua :

– Cela n'a pas grande importance, car ce qui suit est malheureusement trop clair. Les domestiques entendirent le coup de feu à 18 h 20. Ils se précipitèrent tous dans le salon de musique : lady Barnaby était renversée sur le bras de son fauteuil; le coup avait été tiré de très près, derrière sa tête, de sorte qu'il ne pouvait manquer de porter.

– Les domestiques furent entendus, je suppose? demanda Mr Quinn.

– Oui, le maître d'hôtel était entré dans le salon quelques secondes avant les autres, mais tous firent des déclarations semblables.

– De sorte que tous témoignèrent à l'audience? insista Mr Quinn. Il n'y eut pas d'exception?

– Si, la femme de chambre. Elle ne déposa qu'une fois au début de l'enquête. Elle est partie depuis, pour le Canada, je crois.

– Ah! fit Quinn d'un ton indiquant qu'il ne semblait pas trouver cela naturel.

– Pourquoi n'y serait- elle pas allée? dit brusquement Mr Satterthwaite.

– Pourquoi y serait-elle partie? répondit Mr Quinn avec un léger haussement d'épaules.

Cette question troubla Mr Satterthwaite. Mais il reprit son récit.

– Il ne pouvait y avoir aucun doute sur la personne du meurtrier. Les domestiques, sur le moment, perdirent un peu la tête; ils ne pensèrent pas tout de suite à téléphoner à la police et, quand l'un d'eux voulut enfin le faire, le téléphone ne fonctionnait pas.

– Oh! s'étonna Mr Quinn, le téléphone ne fonctionnait pas?

– Non, répondit Mr Satterthwaite, qui, tout à coup, se rendit compte qu'il venait de dévoiler quelque chose de très important. Cela a pu être fait exprès, évidemment, mais je n'en vois pas le but. La mort fut instantanée.

Mr Quinn ne disant rien, Mr Satterthwaite sentit que son explication ne le satisfaisait pas.

– Il n'y avait que Martin Wylde qui pût être suspecté, continua-t-il. D'après lui, il partit trois minutes avant que l'on entende la détonation. Et qui donc aurait pu tirer? Sir George était à un bridge à quelques pas de là. Il quitta ses amis à

18 h 30 et rencontra à la grille les domestiques qui lui annoncèrent la nouvelle. Le secrétaire de sir George, Henry Thompson, se trouvait à Londres ce soir-là.

» Sylvia Dale? Elle accompagnait une amie au train de 18 h 28. Cela la met hors de cause.

» Les domestiques? Quelle raison auraient-ils eue? D'ailleurs, ils arrivèrent tous en même temps. Non, c'est certainement Martin Wylde qui a fait le coup, acheva Mr Satterthwaite.

Mais il prononça ces dernières paroles d'un ton qui n'avait rien de convaincu.

Ils continuèrent leur repas. Mr Quinn n'était pas d'humeur loquace, et Mr Satterthwaite avait dït tout de qu'il avait à dire. Et, pendant quelques instants, le silence se fit à la petite table.

Tout à coup, Mr Satterthwaite, posant couteau et fourchette, reprit la parole d'un ton troublé.

– Et si ce jeune homme est réellement innocent, il va cependant être pendu?... Mais pourquoi cette femme ne serait-elle pas allée au Canada? ajouta-t-il, son compagnon continuant à se taire.

Mr Quinn secoua la tête.

– Je ne sais même pas dans quelle partie du Canada elle est allée, continua Mr Satterthwaite.

– Pourriez-vous le savoir? demanda enfin Mr Quinn.

– Oui, sans doute; le maître d'hôtel, ou Thompson, le secrétaire, le savent probablement. (Il s'arrêta encore un instant, puis reprit :) Mais, est-ce que cela me regarde?

– Le fait qu'un homme va être pendu dans quelques semaines?

– Ah! évidemment, si vous l'envisagez ainsi... Oui, je vois, la vie ou la mort! Mais, après tout... même si j'apprends où est cette femme, qu'est-ce que cela changera? Faut-il que j'y aille moi-même pour la retrouver? Je comptais partir pour la Riviera la semaine prochaine.

– Vous n'êtes jamais allé au Canada?

– Jamais.

– C'est un pays très intéressant.

Mr Satterthwaite le regarda et, hésitant :

– Croyez-vous que je doive y aller?

Mr Quinn se renversa en arrière sur sa chaise, alluma une cigarette et, entre les bouffées de fumée répondit :

– Vous êtes riche, je crois, Mr Satterthwaite. Vous avez les moyens de vous passer une fantaisie. Jusqu'à présent, vous avez assisté en spectateur aux drames de la vie d'autrui. Mais y avez-vous jamais joué un rôle? Avez-vous jamais tenu la vie ou la mort entre vos mains?

Mr Satterthwaite se pencha vers lui :

– Vous voulez dire que... si je vais au Canada...

Son ami sourit :

– Oh! c'est vous qui avez parlé d'aller au Canada, pas moi.

– Vous ne pouvez vous jouer de moi plus longtemps, Mr Quinn. Chaque fois que je vous ai rencontré... Enfin, il y a en vous quelque chose que je ne m'explique pas... La dernière fois que je vous ai vu...

– Ne nous éloignons pas du sujet. Le reste n'a pas d'importance, n'est-ce pas?

Mr Satterthwaite n'insista pas.

– A mon retour du Canada je serai heureux de vous revoir, dit-il simplement.

– Je n'ai pas de domicile fixe en ce moment, je le regrette. Mais comme je viens souvent ici, et vous de même, nous nous rencontrerons encore certainement, avant peu.

Puis ils se séparèrent cordialement.

Mr Satterthwaite était dans une grande agitation. Il courut à l'agence Cook pour s'informer des prochains départs pour le Canada, après quoi il alla à Deering Hill. Un maître d'hôtel le reçut.

– Je me nomme Mr Satterthwaite, je viens de la part d'une agence de placement pour recueillir quelques renseignements sur une femme de chambre qui a quitté votre maison récemment.

– Vous voulez parler de Louise, monsieur!? Louise Bullard?

– C'est cela, dit Mr Satterthwaite, trop heureux d'apprendre ce nom.

– Elle n'est plus en Angleterre, monsieur, voilà des mois qu'elle est partie pour le Canada.

– Pouvez-vous me donner son adresse là-bas?

Le maître d'hôtel hésita, chercha un moment. Banff... oui, c'était cela. Les autres femmes de la maison espéraient recevoir de ses nouvelles, mais jamais elle n'avait écrit.

Mr Satterthwaite partit en remerciant. Il était décidé; il irait au Canada, et si Louise Bullard y était, il l'y retrouverait.

A sa grande surprise, le voyage l'enchanta. Depuis plusieurs années, il n'allait jamais plus loin que la Riviera, Le Touquet, Deauville et l'Ecosse. Et aussi l'idée qu'il remplissait une mission délicate et difficile contribuait à donner à son voyage un attrait tout particulier.

Que penseraient de lui ses amis s'ils savaient le but de ce départ brusque?... Oui, mais ils ne connaissaient pas Mr Quinn!...

Douze heures après son arrivée à Banff, il se trouvait en face de Louise Bullard qu'il n'avait eu aucune peine à trouver; elle était employée dans un grand hôtel. C'était une femme d'environ trente ans, paraissant peu intelligente, mais très honnête.

Elle ne parut pas s'étonner lorsqu'il lui dit qu'il était envoyé pour recueillir quelques renseignements complémentaires sur le drame de Deering Hill.

– J'ai appris par les journaux, dit-elle, que Mr Martin Wylde avait été condamné. (Elle ne paraissait pas douter de sa culpabilité.) C'était un gentil garçon, continua-t-elle, qui s'est laissé emporter. Bien qu'il ne faille pas médire des morts, c'est la faute de Madame; à aucun prix elle ne voulait lui rendre sa liberté. Maintenant, ils sont punis tous les deux. J'étais sûre qu'il arriverait quelque chose ce soir-là...

– Comment cela?... s'étonna Mr Satterthwaite.

– Pendant que je changeais de robe dans ma chambre, j'ai machinalement regardé par la fenêtre. Un train passait juste à ce moment et sa fumée s'est élevée dans le ciel en prenant la forme d'une main gigantesque, une grande main blanche se détachant sur le ciel rouge; les doigts étaient crochus comme s'ils cherchaient à agripper quelque chose. Ce spectacle m'a frappée et j'ai tout de suite pensé : « C'est un mauvais présage. » Or, c'est à cet instant même que j'ai entendu le coup de feu. Je me suis précipitée en bas, je suis arrivée dans le hall en même temps que les autres domestiques et, tous ensemble, nous sommes entrés dans le salon de musique... et là, Madame gisait... la tête renversée... que de sang! Quelle horreur!... J'ai raconté alors à sir George ce que j'avais remarqué dans le ciel, il n'a pas paru y attacher d'importance. Et, en plus, un bien mauvais jour, un vendredi 13, ce n'est pas étonnant.

Mr Satterthwaite la questionna encore, mais n'obtint rien de plus. Louise Bullard avait dit tout ce qu'elle savait, et son récit semblait très simple et très loyal. Cependant, il apprit quelque chose d'important : la situation qu'elle occupait à Banff lui avait été procurée par Mr Thompson, le secrétaire de sir George. Elle l'avait acceptée, tentée par des appointements élevés. Un certain Mr Denman avait accompli toutes les démarches nécessaires et lui avait recommandé de ne pas écrire aux domestiques qui s'étaient trouvés avec elle en Angleterre pour ne pas s'attirer d'ennuis avec le bureau d'immigration.

Mr Satterthwaite demanda le montant de ses gages, ceux-ci étaient si élevés qu'il s'en étonna. Et il se décida, après quelques hésitations, à voir ce Mr Denman.

Mr Denman n'hésita pas à lui dire tout ce qu'il savait. Il avait rencontré Thompson à Londres et ce dernier lui avait rendu service. En septembre, il avait reçu de lui une lettre dans laquelle il lui disait que, pour des raisons personnelles, sir George avait hâte d'éloigner Louise Bullard d'Angleterre. Pourrait-il lui trouver une place? On envoya même des fonds pour que les appointements de la femme de chambre puissent atteindre un chiffre qui la décide à accepter.

– Toujours la même histoire, je suppose, dit Mr Denman nonchalamment. Elle a l'air très douce et très gentille.

Mr Satterthwaite ne voulut pas admettre que Louise Bullard fût une fantaisie de sir George. Quelque chose de très grave avait obligé ce dernier à l'éloigner, mais quoi? Et où était le point de départ de tout cela? Sir George lui-même faisant agir son secrétaire pour lui? Ou Thompson traitant de sa propre initiative?

C'est en cherchant à résoudre ces questions que Mr Satterthwaite rentra en Angleterre. Il était découragé. Son voyage n'apportait, en somme, aucun résultat.

Dès le lendemain de son arrivée à Londres, il alla à l'*Arlecchino*; à sa grande joie, la silhouette familière était assise à la petite table du coin. Mr Quinn l'accueillit en souriant :

– Eh bien! dit Mr Satterthwaite en commençant son repas, mon voyage n'a pas eu beaucoup de succès. Louise Bullard ne m'a rien appris.

Puis il raconta en détails son entretien avec la femme de chambre et avec Mr Denman. Mr Quinn l'écoutait silencieux.

– Enfin, dit Mr Satterthwaite, j'ai compris qu'elle avait été envoyée là-bas parce que sa présence gênait en Angleterre. Mais, je n'ai pu savoir pourquoi.

– Vraiment? dit Mr Quinn de sa voix railleuse.

Mr Satterthwaite se redressa.

– Vous croyez que j'aurais dû la questionner plus adroitement? Je vous assure que je ne pouvais lui en faire dire davantage. Ce n'est pas ma faute si je n'ai pas appris ce que nous voulions.

– Etes-vous sûr de n'avoir pas appris ce que vous vouliez?

Mr Satterthwaite le regarda, étonné. Après un court silence, Mr Quinn reprit en changeant de ton :

– Lors de notre dernière rencontre, vous m'avez décrit les personnages du drame d'une façon très précise. Pourriez-vous en faire autant pour le lieu, que vous avez passé sous silence?

Mr Satterthwaite fut flatté.

– Le lieu? Deering Hill? C'est une maison comme on en voit beaucoup de nos jours. Assez laide à l'extérieur, mais très confortable à l'intérieur. Pas très grande, construite pour des gens riches. Les chambres rappellent un peu un hôtel; des baignoires et des lavabos à eau froide et eau chaude dans chaque chambre... Enfin, le plus grand confort pour une maison de campagne. On voit bien que Deering Vale n'est qu'à trente kilomètres de Londres.

Mr Quinn écoutait attentivement.

– J'ai entendu dire que c'était mal desservi.

– Oh! je ne sais trop, répondit Mr Satterthwaite; je n'y suis allé que très peu de temps l'été dernier. Ah! je me souviens. Il y a des trains toutes les heures qui partent de Waterloo à 48.

– Et combien de temps faut-il pour aller jusqu'à Deering Vale?

– A peu près trois quarts d'heure. Les trains y arrivent à 28.

– C'est vrai, j'aurais dû m'en souvenir. Miss Dale accompagnait une amie au train de 18 h 28 ce soir-là, n'est-ce pas?

Mr Satterthwaite ne répondit pas tout de suite. Son attention s'était reportée vers un point qu'il n'avait pas éclairci.

– Je voudrais bien savoir pourquoi vous m'avez demandé tout à l'heure si j'étais bien sûr de n'avoir pas appris tout ce que je désirais?

– Eh bien! Vous avez découvert que Louise Bullard avait été éloignée exprès. Il doit y avoir une raison à cela. Et cette raison doit se trouver dans ce qu'elle vous a dit.

– Qu'a-t-elle dit? demanda Mr Satterthwaite, et qu'aurait-elle pu dire de plus si elle avait témoigné à la barre?

– Elle aurait pu révéler ce qu'elle a vu.

– Qu'a-t-elle vu?

– Un signe dans le ciel.

– Croyez-vous à son idée superstitieuse? Pensez-vous comme elle que c'était la main du destin? Elle avoue elle-même que c'était la fumée du train.

– Un train qui allait vers Londres ou qui en venait?

– Les trains qui vont à Londres partent à moins 10, ça ne pouvait donc être que le train qui en venait, celui de 18 h 28. Mais non, ce n'est pas possible, elle a dit avoir entendu le coup de feu immédiatement après, et nous savons que le coup a été tiré à 18 h 20. Le train aurait été en avance de dix minutes; c'était peut-être un train de marchandises? Mais si c'était cela...

– On n'aurait pas eu besoin de l'éloigner.

Mr Satterthwaite le regarda, fasciné.

– 18 h 28, dit-il lentement. Mais alors, si le coup a été tiré à ce moment, pourquoi tous les domestiques ont-ils affirmé que c'était plus tôt?

– Les pendules étaient sans doute en retard.

– Toutes? C'est une coïncidence vraiment extraordinaire.

– Je ne pensais pas à une coïncidence, répondit Mr Quinn, je pensais simplement que c'était un vendredi.

– Un vendredi?

– Ne m'avez-vous pas dit que sir George remontait ses pendules tous les vendredis après-midi?

– Et il les a retardées de dix minutes, murmura Mr Satterthwaite, étonné des découvertes qu'il faisait. Puis il est parti pour le bridge. Il avait dû surprendre la lettre que sa femme envoyait à Martin Wylde ce matin-là. Il a quitté ses amis à 18 h 30, a trouvé le fusil de Wylde près de la porte de service, est entré et a tué sa femme. Puis, il est ressorti, a jeté le fusil dans les buissons où on l'a retrouvé plus tard, et a paru sortir de la maison de ses voisins juste comme quelqu'un venait le chercher. Mais le téléphone? Ah! oui, il le coupa pour qu'on ne puisse pas prévenir la police, qui aurait pu remarquer l'heure. Alors le récit de Wylde est clair maintenant. Il a quitté lady Barnaby à 18 h 25; en marchant lentement, préoccupé, il est arrivé chez lui à 18 h 45. Je comprends tout, maintenant. Louise était le seul danger avec ses superstitions. Quelqu'un aurait pu remarquer l'heure du train et se baser là-dessus; et alors...

– Admirable! dit Mr Quinn.

– Oui, mais que faire, maintenant? dit brusquement Mr Satterthwaite.

– Il me semble qu'il faudrait aller trouver Sylvia Dale.

Mr Satterthwaite ne parut pas approuver.

– Je vous ai dit, je crois, qu'elle était un peu simple d'esprit.

– Elle a un père et des frères qui s'occuperont de l'affaire.

– Vous avez raison, dit Mr Satterthwaite, soulagé.

Quelques instants plus tard, il était assis près de la jeune fille, lui racontant son histoire. Elle l'écoutait attentivement sans poser aucune question. A la fin, elle se leva.

– Je veux un taxi tout de suite.

– Mon enfant, qu'allez-vous faire?

– Je vais trouver sir George Barnaby.

– Mais ce n'est pas ce qu'il faut faire. Laissez-moi...

Mais Sylvia Dale ne l'écoutait plus, elle suivait son idée. Elle lui permit de l'accompagner, mais fit la sourde oreille à toutes ses objections. Il resta dans le taxi pendant qu'elle montait au bureau de sir George. Une demi-heure plus tard elle redescendit. Elle paraissait à bout de forces; sa physionomie était défaite et, en même temps, radieuse.

– J'ai gagné, murmura-t-elle en se laissant tomber dans le taxi.

– Quoi? Qu'avez-vous fait? Qu'avez-vous dit?

Elle se ressaisit.

– Je lui ai dit que Louise Bullard venait de raconter à la police ce dont elle fut témoin, c'est-à-dire qu'on l'avait vu entrer et ressortir de chez lui après 18 h 30. Il s'est démonté! Je lui ai dit qu'il avait encore le temps de fuir, que les policiers ne viendraient pas l'arrêter avant une heure, et que, s'il signait un papier affirmant qu'il avait tué Vivien, je ne ferais rien immédiatement; mais que, s'il ne le voulait pas, je crierais dans toute la maison qu'il était un assassin. Il fut si effrayé qu'il signa le papier sans même se rendre compte de ce qu'il faisait.

Elle lui tendit la feuille qu'elle tenait.

– Prenez cela... prenez vite... et faites libérer Martin.

– Il a signé cela! s'écria Mr Satterthwaite absolument stupéfait.

– Il est un peu simple d'esprit, dit Sylvia Dale. Moi aussi, d'ailleurs, ajouta-t-elle, c'est pourquoi je savais comment agir avec lui.

Elle frissonna. Mr Satterthwaite lui prit la main :

– Il faut que vous preniez quelque chose pour vous remettre. Venez, nous sommes près d'un restaurant que je connais bien, l'*Arlecchino*. Le connaissez-vous?

Elle fit signe que non.

Mr Satterthwaite fit arrêter le taxi et entra avec la jeune fille dans le restaurant. Il se dirigea vers la petite table habituelle, dans l'espoir d'y trouver quelqu'un. Mais la table était vide.

Sylvia Dale sentit qu'il éprouvait une déception.

– Qu'y a-t-il? demanda-t-elle.

– Rien. C'est que je m'attendais un peu à voir un de mes amis. Mais cela n'a pas d'importance. Je le reverrai, un jour...

UN SOIR À MONTE-CARLO

(THE SOUL OF THE CROUPIER)

Mr Satterthwaite flânait au soleil sur la terrasse de Monte-Carlo.

C'était régulier. Tous les ans, le deuxième dimanche de l'année, Mr Satterthwaite, beaucoup plus exact dans ses déplacements que les hirondelles, quittait l'Angleterre pour la Riviera! En avril, il retournait en Angleterre, passait mai et juin à Londres, et ne manquait jamais Ascot!... Il quittait Londres après le match d'Eton et de Harrow, et rendait visite à quelques amis à la campagne avant de partir pour Le Touquet ou Deauville. Septembre et octobre étaient occupés par les chasses et, pour terminer l'année, il passait encore deux mois à Londres. Il y connaissait tout le monde, y était connu de tous.

Ce matin-là, il se trouvait d'humeur maussade. La mer était d'un bleu admirable, les jardins, comme toujours, une splendeur, mais la société qui évoluait à Monte-Carlo lui déplaisait. Toutes les classes sociales étaient mélangées, on ne savait plus qui l'on côtoyait. Il y avait, parmi ces gens, bien entendu, des joueurs, de pauvres fous attirés par le tapis vert. Ceux-là, Mr Satterthwaite les tolérait; ils formaient en ce lieu un décor indispensable, pensait-il. Mais ce qu'il regrettait, c'était l'élite, le milieu auquel il était habitué.

« C'est le change, pensa-t-il, mélancolique. Viennent ici maintenant des gens qui ne le pouvaient pas avant. Et puis, aussi, je deviens vieux... Tous les jeunes vont aujourd'hui dans les stations suisses. »

Mais ceux qui lui manquaient le plus étaient les élégants barons et comtes de la diplomatie étrangère, les grands-ducs et les princes royaux. Le seul prince royal qu'il avait vu jusque-là était garçon d'ascenseur dans un hôtel de second ordre!... Ce qu'il regrettait aussi, c'était les jolies et brillantes « ladies » qui devenaient de plus en plus rares.

Mr Satterthwaite était un grand observateur de ce drame que l'on appelle la vie, mais il aimait que ses sujets d'observation fussent mondains! Il se sentait découragé. Le cours des valeurs changeait, mais lui était trop vieux pour changer!

C'est à ce moment qu'il vit venir vers lui la comtesse Czarnova.

Mr Satterthwaite la rencontrait chaque saison à Monte-Carlo depuis plusieurs années. Il l'avait vue pour la première fois en compagnie d'un grand-duc. La seconde fois elle était avec un baron autrichien; plusieurs années de suite avec des amis de race hébraïque. Depuis un an ou deux on ne la voyait plus qu'avec de très jeunes gens.

Elle se promenait en ce moment avec un jeune

homme que Mr Satterthwaite reconnut, et il en fut peiné. Franklin Rudge, un jeune Américain, le véritable type des Etats de l'Ouest, très impressionnable, un peu naïf, assez brusque mais sympathique, un curieux mélange de matérialisme et d'idéalisme. Il se trouvait à Monte-Carlo avec un groupe de compatriotes des deux sexes, tous à peu près du même type. C'était leur premier aperçu du vieux monde, et ils ne tarissaient pas en appréciations plus ou moins désobligeantes.

Ils détestaient les Anglais de l'hôtel, et les Anglais le leur rendaient. Mr Satterthwaite, qui se flattait d'être cosmopolite, se sentait attiré par leur droiture et leur jeunesse, bien qu'il fût parfois choqué de leur langage.

Il trouva que la comtesse Czarnova n'était pas du tout une compagnie souhaitable pour Franklin Rudge.

Il salua lorsque le couple passa près de lui : la comtesse inclina la tête avec un gracieux sourire.

C'était une grande femme, très bien faite; brune aux yeux noirs, les sourcils dessinés avec art, les cils longs et retroussés.

Mr Satterthwaite, qui avait une grande expérience des secrets féminins, rendit hommage à la science avec laquelle elle se fardait. Son teint était délicieusement « fait », une légère ombre se devinait sous ses yeux, et la bouche était d'un rouge éclatant. Elégamment vêtue de blanc et noir, elle s'abritait sous unc ombrelle rose très seyante à son teint.

Franklin Rudge avait l'air à la fois important et heureux.

« Quel jeune imbécile! pensa Mr Satterthwaite. Après tout, cela ne me regarde pas; j'ai acquis de l'expérience avec le temps, qu'il fasse comme moi! »

Il restait mécontent, cependant. Il y avait à Monte-Carlo, dans la colonie américaine, une jeune fille très charmante et il était persuadé que les rapports de Franklin avec la comtesse ne lui plaisaient pas.

Il allait s'éloigner lorsqu'il aperçut dans une allée cette même jeune fille qui semblait venir vers lui. Elle était vêtue d'un costume tailleur, d'un corsage de voile blanc, et portait de solides chaussures de marche. Elle avait en main un guide. Il est des Américaines qui, après avoir traversé Paris, en ressortent habillés comme la reine de Saba; mais Elisabeth Martin n'était pas de celles-là. Elle « faisait l'Europe » consciencieusement. Elle avait une haute idée de la culture artistique qu'elle pouvait y acquérir, et elle désirait tirer le plus de profit possible de son budget limité.

Mr Satterthwaite ne voyait pas en elle une créature cultivée et une âme artiste. Pour lui, elle était très jeune, c'était tout.

– Bonjour, Mr Satterthwaite, dit la jeune fille. Avez-vous vu Franklin, je veux dire, Mr Rudge?

– Je viens de le voir il y a quelques instants.

– Avec son amie la comtesse, je suppose? demanda Elisabeth ironiquement.

– Euh... avec la comtesse... oui..., fut obligé d'admettre Mr Satterthwaite.

– Je ne peux vraiment pas sympathiser avec sa

comtesse, dit-elle d'une voix acerbe. Franklin est fou d'elle, je me demande pourquoi?

– Je la trouve très agréable, risqua Mr Satterthwaite.

– Vous la connaissez?

– Un peu.

– Je suis vraiment très contrariée pour Franklin, reprit miss Martin. Ce garçon a en général beaucoup de jugement. Je n'aurais jamais cru qu'il se laisserait captiver par cette vulgaire « ensorceleuse ». Il ne veut rien entendre à son sujet. Il devient furieux si on essaye de le raisonner. Dites-moi, est-elle au moins comtesse?

– Je ne voudrais pas l'affirmer. Peut-être.

– Voilà bien une manière anglaise de répondre, dit Elisabeth avec un haussement d'épaules. Tout ce que je peux dire, c'est que chez nous, à Sargon Springs, cette comtesse aurait une réputation douteuse.

Après tout, c'était possible. Mr Satterthwaite se dit cependant qu'ils n'étaient pas à Sargon Springs, mais dans la principauté de Monaco, où la comtesse s'harmonisait beaucoup mieux avec l'environnement que miss Martin.

Il ne répondit pas et Elisabeth s'en alla vers le casino.

Mr Satterthwaite s'assit sur un banc au soleil. Et bientôt il fut rejoint par Franklin Rudge. Ce dernier était radieux.

– Je m'amuse beaucoup ici! proclama-t-il avec un enthousiasme naïf. Oui, monsieur, voilà ce que j'appelle connaître la vie! une vie très différente de celle que nous avons aux Etats-Unis.

Mr Satterthwaite tourna vers lui un visage grave :

– La vie est la même partout, elle est vêtue d'une manière différente, c'est tout.

Franklin Rudge s'étonna :

– Je ne vous comprends pas.

– Non?... C'est parce que vous avez encore du chemin à faire. Mais je m'excuse, les hommes de mon âge ne devraient pas prendre figure de moralistes.

– Oh! cela n'a aucune importance.

Franklin rit, découvrant les belles dents communes à sa race.

– Je vous avoue que je suis un peu déçu par le Casino. Je m'imaginais le jeu tout différent de ce qu'il est, beaucoup plus passionnant. Je le trouve plutôt monotone.

– Le jeu est la vie ou la mort pour le joueur, mais il n'a aucun attrait pour celui qui le regarde, dit Mr Satterthwaite.

Le jeune homme l'approuva d'un signe de tête.

– Il paraît que vous êtes très mondain? demanda-t-il; je veux dire par là que vous connaissez toutes les duchesses, toutes les comtesses, tous les lords, enfin tout le Gotha?

– Beaucoup d'entre eux, en effet, et aussi des Levantins, des Péruviens, des Argentins, des Brésiliens...

– Quoi?

– Je vous indiquais seulement, dit Mr Satterthwaite d'un ton railleur, que je variais mes relations.

Au bout de quelques instants, Franklin Rudge se risqua :

– Vous connaissez la comtesse Czarnova, n'est-ce pas?

Mr Satterthwaite fit la même réponse qu'à Elisabeth Martin.

– Un peu.

– C'est une femme très intéressante, reprit Franklin avec feu. On est porté à croire, de nos jours, que l'aristocratie de l'Europe est à son déclin. Cela est peut-être vrai pour les hommes, mais les femmes sont si différentes! N'est-ce pas un plaisir de fréquenter une créature aussi délicieuse que la comtesse? Spirituelle, raffinée, avertie de tout, des générations de civilisations derrière elle; et aristocrate jusqu'au bout des ongles!

– A ce point?

– Ne l'avez-vous pas remarqué? Vous savez de quelle famille elle descend?

– Non. Je sais très peu de choses sur elle.

– Des Radzenski, expliqua Franklin, une des plus vieilles familles hongroises. Elle a eu une vie extraordinaire. Vous connaissez ce long sautoir de perles qu'elle porte?

Mr Satterthwaite fit signe que oui.

– Il lui a été donné par le roi de Bosnie. Elle avait réussi à lui faire passer d'Angleterre des documents secrets.

– J'ai entendu dire que ces perles étaient un cadeau du roi de Bosnie.

Ce fait était en réalité un sujet assez habituel de potinage. On disait que la dame avait été autrefois fort liée avec Sa Majesté.

– Maintenant, je vais vous dire encore quelque chose.

Mr Satterthwaite écoutait le jeune Américain, et plus il l'écoutait, plus il admirait l'imagination fertile de la comtesse Czarnova. Ce n'était pas une « vulgaire ensorceleuse », comme disait Elisabeth Martin. Non, la comtesse évoluait dans un monde d'intrigues diplomatiques. Elle avait des ennemis, naturellement. Pour le jeune homme, elle était une figure qui devait inspirer un culte romantique.

– Et c'est extraordinaire, ajouta-t-il, elle n'a jamais rencontré une femme qui fût pour elle une amie. Les femmes la haïssent toutes.

– Evidemment.

– Vous ne trouvez pas cela scandaleux? dit Franklin offusqué.

– Non, pas du tout. Les femmes ont leur manière de penser et de juger, et il n'est pas bon que nous nous occupions de leurs appréciations.

– Je ne suis pas de votre avis. C'est de nos jours une des pires choses que la méchanceté des femmes entre elles. Vous connaissez Elisabeth Martin? Eh bien! nous discutons souvent ensemble; lorsqu'il s'agit de théorie, nous sommes du même avis. C'est encore une gamine, mais ses idées sont très justes. Seulement, lorsqu'il s'agit de pratique, elle est aussi nulle que les autres. Elle est butée quant à la comtesse. Bien que ne la connaissant pas, ou à peine, elle ne veut pas m'écouter lorsque j'essaye de lui en parler. Ce n'est pas juste, Mr Satterthwaite. La solidarité devrait exister entre les femmes.

Il se tut un instant. Mr Satterthwaite essaya de trouver un point sur lequel établir la solidarité entre Elisabeth et la comtesse, mais il n'y réussit pas.

– Quant à la comtesse, reprit Franklin, elle admire beaucoup Elisabeth et la trouve charmante. Qu'est-ce que cela veut dire?

– Cela veut dire, répondit sèchement Mr Satterthwaite, que la comtesse a vécu beaucoup plus longtemps que miss Martin.

– Savez-vous son âge? Elle me l'a dit. C'est assez chic de sa part. Je lui donnais à peu près vingt-neuf ans, elle m'a avoué en avoir trente-cinq. Elle ne les paraît pas, n'est-ce pas?

Mr Satterthwaite qui situait l'âge de la comtesse entre quarante-cinq et quarante-neuf ans, répondit simplement :

– Si je peux vous donner un conseil, ne croyez pas tout ce que l'on dit à Monte-Carlo.

Il avait assez d'expérience pour savoir qu'il était inutile de discuter avec un jeune homme.

– Voilà la comtesse, dit Franklin se levant brusquement.

Elle s'approchait de son allure nonchalante et gracieuse. Elle s'assit auprès d'eux, et se montra fort aimable avec Mr Satterthwaite, lui demandant son opinion sur mille choses et le traitant en personnage important de la Riviera.

Comme c'était à prévoir, au bout de quelques instants, Franklin Rudge se sentit étranger à la conversation, et il partit, laissant la comtesse en tête à tête avec Mr Satterthwaite.

De la pointe de son ombrelle, elle dessinait sur le sol.

– Ce jeune Américain vous intéresse-t-il, Mr Satterthwaite? demanda-t-elle.

– C'est un charmant garçon.

– Je le trouve très sympathique. Je lui ai raconté beaucoup de choses de ma vie.

– Vraiment?

– Oui, des détails que peu connaissent, continua-t-elle, l'air rêveur. J'ai eu une vie si extraordinaire...

Mr Satterthwaite était assez fin pour comprendre ce qu'elle voulait dire. Après tout, les histoires qu'elle avait racontées à Franklin pouvaient être vraies. C'était improbable, mais possible...

Il ne répondit pas. La comtesse avait les yeux fixés vers la mer. Tout à coup, Mr Satterthwaite eut d'elle une mauvaise impression. Elle lui apparut comme une créature désespérée, livrée à une lutte ardente et secrète. Il voyait battre fiévreusement la veine de sa tempe.

Il comprit qu'elle serait sans merci pour quiconque se mettrait entre elle et Franklin. Mais il ne pouvait pénétrer ses autres pensées. Sans aucun doute elle était riche, toujours merveilleusement habillée et possédait des bijoux de grande valeur. Elle ne pouvait donc être tourmentée par des soucis matériels. Etait-ce l'amour? On avait vu des femmes de son âge s'éprendre de jeunes gens.

Il se rendit compte qu'elle venait de le classer comme un ennemi, parce qu'elle s'imaginait qu'un jour il essayerait de détacher d'elle Franklin Rudge.

Il l'observa le même soir au cercle privé, alors qu'elle jouait à la roulette. Elle misait sans arrêt et perdait. Elle supportait ses pertes avec le calme et le sang-froid des habitués. Elle misa en plein une fois, deux fois, mit le maximum sur le rouge, gagna, puis perdit à nouveau. A la fin, elle misa six fois sur le manque et perdit à chaque fois. Alors, avec un léger et gracieux haussement d'épaules, elle se leva et quitta la table.

Elle était particulièrement brillante, ce soir-là, dans une robe d'or discrètement soulignée de vert. Les fameuses perles de Bosnie entouraient d'un triple rang son cou et de longues boucles d'oreilles les rejoignaient presque.

Mr Satterthwaite entendit deux hommes parler d'elle.

– La Czarnova, chuchota l'un d'eux. Jolie femme, n'est-ce pas? Les perles de la couronne de Bosnie sont en valeur sur elle.

L'autre, un petit homme au type hébraïque, se retourna avec curiosité.

– En vérité, ces perles sont celles de Bosnie? Vraiment, c'est bizarre.

Et il eut un petit rire sec.

Mr Satterthwaite ne put en entendre davantage car à ce moment quelqu'un s'approcha en qui il reconnut un vieil ami.

– Mon cher Mr Quinn! s'épanouit-il en lui serrant chaleureusement la main... Le dernier endroit où j'aurais pensé vous rencontrer!

Mr Quinn eut un sourire qui éclaira son intelligent visage brun.

– Ma présence n'a rien dc surprenant, dit-il, c'est le moment du carnaval et je suis souvent ici à cette époque.

– Vraiment? Je suis ravi de vous voir! Mais qu'il fait chaud dans cette salle!

– Il fait meilleur dehors; allons marcher un peu dans les jardins.

L'air était vif et les deux hommes respirèrent à pleins poumons.

– Nous sommes beaucoup mieux ici, reprit Mr Quinn, et nous pouvons parler librement. Je suis sûr que vous avez beaucoup à me dire.

– En effet.

Mr Satterthwaite se mit à lui dépeindre avec sa verve habituelle, la comtesse, le jeune Franklin et la charmante Elisabeth.

– Vous avez changé depuis la dernière fois que je vous ai vu, dit Mr Quinn en souriant, quand il eut terminé son récit.

– Changé? Dans quel sens?

– Vous vous contentiez alors, d'assister en spectateur aux drames de la vie. Maintenant, vous voulez y prendre part.

– C'est vrai. Mais dans ce cas, je ne sais que faire. Je reste perplexe. Peut-être... (Il hésita.) Peut-être m'aiderez-vous?

– Avec plaisir, voyons ce que nous pouvons faire.

Mr Satterthwaite se sentit étrangement réconforté.

Le lendemain, il présenta Franklin Rudge et Elisabeth Martin à Mr Harley Quinn. Il fut content de constater qu'ils sympathisèrent de suite. On ne parla pas du tout de la comtesse, mais au déjeuner, il apprit une nouvelle qui l'intéressa vivement.

– Mirabella arrive ce soir à Monte-Carlo, confia-t-il à Mr Quinn.

– L'actrice parisienne?

– Oui. J'ose dire que vous savez – c'est connu de tous –, qu'elle est le dernier caprice du roi de

Bosnie. Il l'a couverte de bijoux. On dit qu'elle est la femme la plus excentrique de Paris.

– J'aimerais la voir se rencontrer avec la comtesse cette nuit.

– C'est justement ce que je pensais.

Mirabella était grande, mince, elle avait d'admirables cheveux blonds. Son teint était mauve pâle et ses lèvres oranges, sa toilette d'une élégance voyante mais qui lui allait bien. Elle portait ce soir-là, au casino, une robe qui la faisait un peu ressembler à un oiseau de paradis, et des rivières de pierreries ornaient son dos nu. Un lourd bracelet d'énormes diamants encerclait sa cheville gauche.

Lorsqu'elle parut dans la salle elle souleva un murmure de curiosité et d'admiration.

– Votre amie la comtesse aura du mal à briller ce soir, murmura Mr Quinn à l'oreille de Mr Satterthwaite.

Ce dernier l'approuva d'un signe. Il lui tardait de voir comment se comporterait la Czarnova.

Elle vint tard et un léger chuchotement s'éleva pendant qu'elle se dirigeait vers une des tables de roulette. Elle était vêtue de blanc – une toilette aussi simple que celle d'une débutante à la cour d'Angleterre. Son cou et ses bras nus n'étaient parés d'aucun bijou.

– Voilà qui est intelligent, jugea Mr Satterthwaite. Elle dédaigne la rivalité et ne tente pas de lutter contre son adversaire.

Il se dirigea lui-même vers la table. De temps en temps, il s'amusait à jouer; parfois il gagnait, mais le plus souvent il perdait.

Il y eut à un moment une animation extraordinaire : les numéros 31 et 34 sortirent sans interruption. Mr Satterthwaite risqua en souriant sa dernière mise de la soirée, et plaça le maximum sur le 5. La comtesse à son tour se pencha et mit le maximum sur le 6.

– Faites vos jeux, dit le croupier. Rien ne va plus, plus rien!...

La boule s'élança. On n'entendait plus que son roulement monotone. Mr Satterthwaite songeait : « Ceci signifie quelque chose de différent pour chacun de nous. L'agonie de l'espoir ou du désespoir, le simple amusement, la vie ou la mort. »

Click!

Le croupier se pencha et annonça :

– Numéro 5, rouge, impair et manque.

Mr Satterthwaite avait gagné!

Le croupier, après avoir ramassé les autres mises, avança la somme gagnée par Mr Satterthwaite. Ce dernier tendit la main pour s'en saisir. La comtesse fit de même. Le croupier les regarda l'un et l'autre.

– A madame, dit-il brusquement.

La comtesse ramassa l'argent. Mr Satterthwaite, en homme galant, n'insista pas. La comtesse le regarda bien en face, il lui rendit son regard. Quelques-uns des joueurs firent remarquer au croupier qu'il venait de commettre une erreur, mais il secoua la tête impatiemment. Il avait décidé ainsi. C'était fait. On entendit à nouveau sa voix rauque :

– Faites vos jeux, mesdames et messieurs.

Mr Satterthwaite alla rejoindre son ami Quinn et lui raconta ce qui venait de se passer.

– Pas de chance, mais ce sont des choses qui arrivent, malheureusement. (Et il ajouta :) Nous avons rendez-vous avec Franklin Rudge un peu plus tard. J'offre le souper, si vous le permettez.

Ils se retrouvèrent à minuit. Mr Quinn exposa à ses deux invités ce qu'il avait combiné.

– Nous allons choisir l'endroit où nous nous rejoindrons tout à l'heure puis chacun de nous s'en ira de son côté, avec l'obligation d'honneur d'inviter la première personne qu'il rencontrera.

Cette idée amusa beaucoup Franklin.

– Mais qu'arrive-t-il si la personne n'accepte pas?

– Vous devez employer tout votre pouvoir de persuasion.

– Bien. Où nous retrouverons-nous?

– Dans un café un peu bohème, qu'on appelle le *Caveau.*

Il expliqua où se trouvait ce café et ils se séparèrent. Mr Satterthwaite eut la chance de tomber juste sur Elisabeth Martin, et il l'emmena joyeusement au *Caveau.* Ils descendirent dans un sous-sol. Une table était dressée pour le souper, éclairée par des bougies.

– Nous sommes les premiers, dit Mr Satterthwaite. Ah! Voilà Franklin.

Mais il s'arrêta brusquement : Franklin arrivait avec la comtesse. Il y eut un moment de gêne. Elisabeth montra une mauvaise grâce excessive. Mais la comtesse, sans paraître y prendre garde, se conduisit en femme du monde pleine d'aisance. Mr Quinn arriva le dernier. Il était accompagné d'un petit homme brun, très correctement vêtu, dont la figure parut familière à Mr Satterthwaite qui, l'instant d'après le reconnut : c'était le croupier qui avait commis au jeu l'erreur à son détriment.

– Permettez-moi, dit Mr Quinn, de vous présenter M. Pierre Vaucher.

Le croupier paraissait confus et embarrassé, mais Mr Quinn, comme si de rien n'était, acheva les présentations. Un excellent souper fut servi, arrosé de vins non moins excellents.

Une certaine gêne régna d'abord. La comtesse était silencieuse, ainsi qu'Elisabeth. Mais Franklin Rudge devint loquace. Il raconta plusieurs anecdotes. Mr Quinn avec son calme habituel servait le vin.

– Je vais vous raconter l'histoire vécue d'un homme qui a bien réussi dans la vie, dit Franklin.

Pour quelqu'un qui venait d'un pays où régnait la prohibition, il s'était très bien accoutumé au champagne et raconta son histoire avec verve.

Quand il eut terminé son récit, Pierre Vaucher, assis en face de lui, se redressa, semblant sortir d'une sorte de torpeur.

– Moi aussi, je vais vous raconter une histoire, dit-il. Mais c'est l'histoire d'un homme qui n'a pas réussi, d'un homme qui au lieu de s'élever, est descendu. Et c'est aussi une histoire vécue.

– Elle doit être très intéressante. Nous vous écoutons, dit Mr Satterthwaite, affable selon son habitude.

Pierre Vaucher se renversa sur sa chaise, les yeux fixés dans le vide.

– L'histoire commence à Paris. L'homme dont je veux vous parler était un ouvrier bijoutier, jeune, enthousiaste et courageux. Il était sur le point de faire un beau mariage : la jeune fille était assez jolie et la situation très avantageuse. Mais, un matin, il rencontre par hasard une autre jeune fille, une pauvre petite infortunée. Jolie? Oui, peut-être, si elle n'avait porté sur son visage les traces de la misère et des privations. Malgré cela, elle possédait un charme auquel il ne put résister. Elle avait lutté en vain pour trouver du travail, elle était vertueuse, ou du moins elle le lui dit. Je ne sais si c'était vrai.

La voix de la comtesse l'interrompit.

– Pourquoi n'aurait-ce pas été vrai?

– En tout cas, le jeune homme l'a cru. Et il l'a épousée. Une folie!... Sa famille ne voulut plus le revoir. Il épousa donc Jeanne – donnons-lui ce nom. Il fit ainsi une bonne action. Il le lui dit, pensant qu'elle devrait lui être profondément reconnaissante, car il avait fait de gros sacrifices pour elle.

– Charmant début pour la pauvre fille, observa la comtesse sarcastique.

– Il l'aimait, oui, mais elle lui fit perdre la tête. Elle était d'humeur changeante. Un jour elle était glaciale avec lui, le lendemain tendre. A la fin, il comprit qu'elle ne l'avait jamais aimé, et ne l'avait épousé que pour mettre fin à sa misère. Cette révélation fut pour lui un coup terrible, mais il n'en laissa rien voir. Il continuait à croire qu'elle lui devait de la reconnaissance, et que cela remplacerait l'amour. Cependant, bientôt, ils se querellèrent. Elle lui reprocha... mon Dieu, que ne lui reprocha-t-elle pas?... vous devinez la suite, n'est-ce pas? Elle le quitta – c'était fatal! Pendant deux ans, il fut seul, travaillant dans sa petite boutique, sans aucune nouvelle d'elle. Il avait une unique consolation : l'absinthe. Ses affaire déclinèrent. Au bout de ce temps, un matin où il travaillait dans sa boutique, il vit entrer Jeanne. Elle était richement habillée, les mains chargées de bagues. Il resta un instant suffoqué par la stupeur. Son cœur sautait dans sa poitrine!... Il ne savait que faire. Il aurait voulu la battre, la serrer dans ses bras, la jeter à terre et la piétiner, ou se jeter lui-même à ses pieds. Il ne fit rien de tout cela. Dans un grand effort, il domina son émotion. « Madame désire? » demanda-t-il.

» Elle fut stupéfaite. Elle ne s'attendait pas à de telles paroles. « Pierre, dit-elle, je suis revenue. »

» Il laissa tomber ses outils et la regarda en face. « Tu veux mon pardon? demanda-t-il, tu veux que je te reprenne? Vraiment tu as du remords? »

» – Veux-tu de moi? murmura-t-elle d'une voix très douce.

» Il comprit soudain qu'elle lui tendait un piège. Il aurait cependant bien voulu l'embrasser, mais il feignit l'indifférence : « Je suis chrétien, dit-il, j'essaye de faire ce que me commande l'Eglise. » Je vais l'humilier ainsi, pensa-t-il.

» Mais Jeanne renversa sa tête en arrière et éclata de rire. Un rire de démon.

» – Je me moque de toi et de ton pardon, mon pauvre garçon! Regarde mon élégance, mes bijoux. Je suis venue pour me faire voir. Je pensais que tu m'aurais prise dans tes bras, et alors, si tu l'avais fait, je t'aurais craché à la figure, en te criant combien je te haïssais!

» Avec un dernier éclat de rire, elle quitta la

boutique. Pouvez-vous croire, messieurs, qu'une femme puisse être méchante à ce point : venir uniquement pour railler et torturer ce malheureux garçon!

– Non, dit la comtesse, je ne le croirais pas, et tout homme qui ne serait pas un imbécile ne le croirait pas.

Pierre Vaucher, comme sans entendre, continua :

– Après cela, le jeune homme tomba de plus en plus bas. Il but de plus en plus d'absinthe. Sa petite boutique fut vendue pour payer les créanciers. Alors vint la guerre. Pour lui, elle fut la libératrice. Elle le secoua et le transforma. Il endura le froid, les souffrance, les dangers, la peur de la mort. Mais il ne fut pas tué. A la fin de la guerre, il était redevenu un homme.

» C'est alors, messieurs, qu'il vint dans le Midi. Il avait été gazé, et les docteurs lui recommandèrent de séjourner sur la Côte d'Azur. Je ne vous raconterai pas tous les métiers qu'il fit pour gagner sa vie. Il suffit que vous sachiez qu'enfin il devint croupier. Au casino, il la vit, un soir, cette femme qui ruina sa vie. Elle ne le reconnut pas, mais lui la reconnut. Tout en elle laissait supposer qu'elle était riche; mais les croupiers voient clair. Il arriva qu'un soir elle mit sur la table de roulette le dernier argent qu'elle possédait. Ne me demandez pas comment il le sut. Il le sentit. Elle était d'ailleurs toujours élégamment habillée. Ses bijoux? Ah! parlons-en! Les vrais bijoux étaient partis depuis longtemps! N'avait-il pas été bijoutier dans son temps? Les perles d'un roi avaient été vendues une par une et remplacées par des fausses. Et cela servait à payer les notes d'hôtel.

La comtesse eut un sursaut, soupira, puis retrouva son calme apparent.

– Ah! oui, ce fut un beau coup ce soir-là. Pendant deux nuits il l'avait observée. Elle perdait encore et toujours. Et puis la fin. Elle mit tout ce qui lui restait sur un numéro. A côté d'elle un gentleman anglais misa le maximum aussi, sur le numéro suivant. La boule roule... Elle a perdu... Rencontrant son regard, que fit-il? Il manqua à son devoir, il compromit sa situation au casino. Il vola l'Anglais. « A madame » dit-il, et c'est elle qu'il paya.

A cet instant, un cri strident sortit de la gorge de la comtesse qui se leva d'un bond, renversant son verre.

– Pourquoi, pourquoi avez-vous fait cela? cria-t-elle.

Il se fit un silence qui parut interminable, alors que ces deux êtres étaient face à face, les regards rivés l'un à l'autre.

Enfin, un pâle sourire crispa les lèvres de Pierre Vaucher.

– Madame, dit-il, la pitié existe en ce monde...

– Ah! je comprends, dit-elle en retombant sur sa chaise, apaisée, presque souriante.

– Votre histoire est vraiment très intéressante, monsieur Vaucher. Permettez-moi de vous donner du feu.

Elle ouvrit son sac et roula un papier, alluma à

une bougie et l'avança vers lui. Il se pencha jusqu'à ce que la flamme rejoigne sa cigarette.

Puis la comtesse se leva brusquement :

– Excusez-moi, je suis obligée de vous quitter. Je n'ai besoin de personne pour m'accompagner. Je vous en prie...

Avant que l'on pût s'en rendre compte, elle était partie. Mr Satterthwaite se serait précipité à sa poursuite s'il n'avait été arrêté par un cri poussé par Pierre Vaucher.

Celui-ci regardait le papier à demi brûlé avec lequel la comtesse avait allumé sa cigarette, et le dépliait...

– Grand Dieu... un chèque de 50 000 francs! Son gain de ce soir. Tout ce qu'elle possède au monde. Et elle a allumé ma cigarette avec... parce qu'elle est trop fière, voilà ce qu'elle a été toute sa vie... Elle est unique... admirable!...

Il se leva d'un bond et sortit en courant.

Mr Quinn et Mr Satterthwaite s'étaient levés eux aussi. Le garçon s'approcha de Franklin Rudge.

– La note, monsieur, dit-il.

Mr Quinn la prit vivement.

– Que veut dire tout cela, Elisabeth? dit Franklin. Ces étrangers sont extraordinaires. Ils battent tous les records. Je ne les comprends pas... (Il la regarda.) Je me sens tout drôle, acheva-t-il d'une voix d'enfant.

La jeune fille et lui remercièrent Mr Quinn et sortirent ensemble dans la nuit. Mr Quinn ramassa sa monnaie et sourit à Mr Satterthwaite qui paraissait très content de lui.

– Eh bien! dit ce dernier, tout a très bien tourné.

Nos deux amoureux seront tranquilles à présent...

– Lesquels? demanda Mr Quinn.

– Ah!... Oui, après tout, vous avez raison... Ce n'est pas impossible... qui peut sonder le fond des âmes?

L'HOMME DE LA MER

(THE MAN FROM THE SEA)

Mr Satterthwaite se sentait vieux. Cette impression n'avait en soi rien de surprenant car elle était partagée par nombre de gens. D'insouciants jeunes garçons remarquaient à son sujet : « Satterthwaite? Il n'a peut-être pas cent ans... mais largement quatre-vingts. » Les jeunes filles les plus charmantes affirmaient avec conviction : « Mr Satterthwaite? Il est très âgé! Il a au moins soixante ans! » ce qui était moins cruel car Mr Satterthwaite avait en fait soixante-neuf ans.

De son point de vue cependant, Mr Satterthwaite ne se jugeait pas vieux. Il estimait atteindre l'âge intéressant qui ouvre des possibilités infinies, l'âge où l'expérience d'une vie entière commence enfin à porter ses fruits. Mais, d'ici à se sentir vieux, las, découragé, dans une disposition d'esprit qui incite à se poser des questions déprimantes, il y avait une marge! Pourtant, qu'était-il après tout! Un homme d'un certain âge, plutôt chétif et desséché, sans enfant ni famille, propriétaire d'une collection de tableaux de grande valeur mais qui, pour le moment, ne lui apportait aucun réconfort moral. Personne en vérité ne se souciait de savoir s'il était mort ou vivant...

Parvenu à ce point de ses méditations, Mr Satterthwaite s'arrêta court. Ce qu'il pensait là était morbide et injuste. Il savait qu'il y aurait eu bien des chances pour que, marié, sa femme l'eût détesté, à moins que ce n'ait été lui qui l'ait détestée, que les enfants sont une cause perpétuelle de soucis et d'angoisse, enfin que ce qu'il aurait dû sacrifier de son temps à l'affection familiale obligatoire, l'eût exaspéré.

« Rien ne vaut la tranquillité et le confort », conclut-il avec fermeté. Ces paroles lui remirent en mémoire une lettre qu'il avait reçue le matin même. Il la tira de sa poche et la relut, savourant son contenu. D'abord, elle venait d'une duchesse et Mr Satterthwaite aimait beaucoup à recevoir des missives de duchesses. Il est vrai que celles-ci commençaient toujours par lui demander une importante contribution à une œuvre de charité et que, sans cette arrière-pensée, il est fort probable qu'elles ne lui écriraient jamais, mais elles s'exprimaient en termes si délicats qu'il ne leur tenait pas rigueur de leurs calculs.

« Ainsi, vous avez déserté la Riviera – écrivait la duchesse. Comment est votre île? La vie y est-elle bon marché? Cannoti a haussé ses prix d'une manière scandaleuse et je ne retournerai plus sur la Côte d'Azur. L'année prochaine, j'irai peut-être sur votre île, si votre rapport est favorable, bien que la perspective de passer cinq jours en bateau me soit odieuse. Je sais cependant que tout ce que vous recommandez est incontestablement confortable... trop, en fait. Vous allez devenir une de ces personnes qui ne font rien d'autre que de se dorloter et penser à leur bien-être. La seule chose qui vous sauvera, Satterthwaite, est votre intérêt excessif pour tout ce qui touche les histoire des autres... »

Alors que Satterthwaite repliait la lettre, une image très nette de la duchesse passa dans son esprit, avec son avarice mêlée de générosité impulsive et souvent maladroite, ses remarques acerbes, son caractère entier...

Caractère... Tout le monde devrait montrer du caractère! Il sortit de sa poche une autre enveloppe marquée d'un timbre allemand et que lui adressait une jeune chanteuse qu'il patronnait. Elle s'exprimait sur un ton reconnaissant, chaleureux.

« Comment pourrais-je assez vous remercier, cher Mr Satterthwaite? Il est tellement merveilleux de penser que d'ici quelques jours, je chanterai Yseult... »

Dommage qu'elle doive faire ses débuts dans un pareil rôle. Une charmante enfant, cette Olga, très travailleuse, douée d'une belle voix, mais manquant de tempérament. Il fredonna doucement : « Ne lui ordonnez pas! Je vous en prie, comprenez! Je l'ordonne! Moi, Yseult ». Non... Olga ne possédait pas en elle la volonté, la fougue nécessaires dans ce « Ich, Yseult » final.

Ma foi, il aurait tout de même tenté quelque chose pour quelqu'un. Cette île le déprimait... Pourquoi avait-il déserté la Riviera qu'il connaissait si bien et où il passait pour une personnalité? Ici, personne ne s'intéressait à lui. Nul ne semblait se soucier de la présence de Mr Satterthwaite, l'ami des duchesses et des comtesses, des chanteuses et des écrivains! Sur cette petite île, aucun esprit de qualité, pas plus sur le plan social que sur le plan artistique. La plupart des estivants fréquentaient les lieux depuis sept, quatorze ou vingt et une années consécutives. Ils en tiraient vanité et réclamaient un respect en conséquence.

Avec un profond soupir, le vieux gentleman sortit de l'hôtel et s'achemina vers le petit port situé en contre-bas. Il suivit une avenue bordée de bougainvillées dont l'abondante masse écarlate eut pour effet de l'attrister encore davantage.

Il se sentit plus à l'aise lorsqu'il eut laissé les bougainvillées derrière lui et eut pour seule perspective la route blanche et tout au bout, la mer bleue.

Un chien pouilleux se tenait au milieu de la chaussée, bâillant et s'étirant au soleil. Il s'assit et se gratta consciencieusement. Cette tâche accomplie, il se leva, se secoua et regarda alentour en quête de quelqu'autre bonne chose que la vie aurait pu mettre à sa portée. Il se dirigea vers un tas d'ordures qui bordait la route, humant l'air avec un plaisir anticipé et poussant des petits grognements appréciateurs. Son flair ne l'avait pas trompé, car bientôt, il se laissa choir sur le dos pour se rouler avec volupté dans les immondices. Ce matin-là, de toute évidence, le monde s'avérait le paradis des chiens! Bientôt lassé, le toutou se remit sur pattes et regagna le macadam où il s'affala. Brusquement, sans le moindre avertissement, une vieille guimbarde déboucha en trombe, le faucha au passage et s'éloigna. Le chien se dressa, resta un moment immobile, fixant sur Mr Satterthwaite un regard chargé de reproches puis s'abattit sur le côté. Le vieux gentleman s'avança et se pencha sur la bête : elle était morte.

Mr Satterthwaite reprit sa route, méditant sur la tritesse et la cruauté de la vie. Quelle étrange expression venait de passer dans les yeux du chien comme s'il avait voulu dire : « Monde! Oh! monde merveilleux en qui j'avais confiance! Pourquoi m'avoir fait cela? »

Le promeneur abandonna les palmiers, les maisons blanches disséminées dans le paysage, la plage où grondait le ressac, où, bien des années auparavant, un nageur anglais très connu avait été emporté par les vagues. Il délaissa la piscine aménagée dans les rochers où les enfants et les vieilles dames dansaient dans l'eau et appelaient cela se baigner, pour gravir la route menant au sommet de la falaise. Tout là-haut, était juchée une maison, *La Paz,* grande bâtisse blanche aux volets d'un vert délavé par le temps et toujours clos. La demeure était entourée d'un extraordinaire jardin sauvage duquel une allée bordée de cyprès menait à un étroit plateau surplombant le vide.

C'était là le but de la promenade de Mr Satterthwaite. Depuis son arrivée dans l'île, il avait été séduit par le jardin de *La Paz.* Il ne connaissait pas l'intérieur de la villa qui paraissait inhabitée. Manuel, le jardinier espagnol au visage tanné et souriant, souhaitait toujours le bonjour aux visiteurs en offrant un bouquet aux dames et aux gentlemen une simple fleur destinée à leur boutonnière.

Parfois, Mr Satterthwaite inventait des histoires fantastiques au sujet du propriétaire de la villa. Celle qu'il aimait le mieux avait pour héroïne une danseuse espagnole réputée dans le monde entier pour sa beauté et qui se serait réfugiée à *La Paz* afin que ses admirateurs ne découvrent jamais combien les années avaient altéré ses traits.

Il l'imaginait, sortant de la maison, le soir, et errant seule dans le jardin. Parfois, il était tenté de demander à Manuel de le renseigner, mais il se retenait, préférant ses songes à une réalité peut-être décevante.

Après avoir échangé quelques mots avec le jardinier et accepté un bouton de rose orangé, Mr Satterthwaite suivit le sentier ombragé et, parvenu à l'étroit plateau, prit place sur l'unique banc qui s'y trouvait. Combien c'était émouvant d'être assis là – à la limite du néant – avec cette chute abrupte juste à quelques pas. Il pensait au début du troisième acte de *Tristan et Yseult*, avec Tristan et Kurwenal... la longue attente... Yseult débarquant à la hâte et Tristan expirant entre ses bras. (Non, la petite Olga ne ferait jamais une bonne Yseult! Yseult de Cornouailles, cette reine de la haine et de l'amour...)

Mr Satterthwaite se sentait encore plus vieux et esseulé. Que lui avait donc apporté la vie? Rien... Le chien sur la route avait été plus comblé que lui.

Le sentier sablonneux étouffant l'écho des pas, il ne prit conscience de la présence d'un autre qu'en entendant, dans son dos, quelqu'un pousser un juron en anglais. Il se retourna et vit un jeune homme qui fixait sur lui un regard contrarié. Il reconnut tout de suite un des estivants arrivés la veille et qui l'avait plus ou moins intrigué. Il le jugeait jeune, parce qu'en comparaison des habitués de l'hôtel, il donnait l'impression d'être un adolescent, mais il avait sûrement dépassé la quarantaine. Malgré cela, le terme de jeune homme lui convenait sans qu'on sache trop pourquoi. Mr Satterthwaite, qui possédait un sens aigu de l'observation, estimait que ce garçon manquait de maturité. « Ce type-là ne s'est pas développé intérieurement », se dit-il.

Cependant, rien de fluet dans l'apparence de l'inconnu, resplendissant de santé – presque corpulent – et affichant l'assurance de celui qui a toujours réussi sur le plan matériel et a goûté aux plaisirs de la vie. Il avait les yeux marron, plutôt saillants, les cheveux blonds tirant sur le gris, une petite moustache et le teint haut en couleur.

Mr Satterthwaite se demanda ce qui avait bien pu pousser cet homme à venir sur l'île. Il l'aurait mieux vu à la chasse, sur un terrain de polo, de golf, ou flirtant auprès de jolies femmes. Or, ici il n'y avait pas de gibier à tuer, on ne pratiquait guère les sports et la seule femme susceptible de passer pour coquette – miss Baba Kindersley – n'était plus dans sa prime jeunesse. Parmi les estivants on comptait bien sûr pas mal d'artistes attirés par la beauté du paysage, mais ils ne relevaient sûrement pas de la catégorie intéressant ce jeune homme qui, aux yeux du vieil observateur, portait le cachet « philistin ».

Alors que le vieux gentleman achevait de méditer

sur ces questions, l'inconnu s'excusa pour son exclamation vulgaire.

– Je vous demande pardon. J'ai été... surpris, car je ne m'attendais pas à trouver quelqu'un ici.

– Cet endroit est assez désert, admit Satterthwaite, en se poussant un peu.

Le jeune homme accepta son invitation muette et prit place auprès de lui.

– Je ne suis pas tout à fait de votre avis car j'ai le sentiment qu'il y a toujours quelqu'un.

Le ton de son voisin intrigua Mr Satterthwaite d'autant plus qu'il jugeait son compagnon peu fait pour la solitude. Que signifiait ce désir d'isolement? Un rendez-vous, peut-être?... Non. L'observant à la dérobée, il se demanda dans quel autre regard, la même expression de reproche muet et d'incrédulité l'avait frappé.

– Vous êtes donc déjà venu ici? s'enquit-il, plus par politesse que par curiosité.

– Oui. Hier soir... après le dîner.

– Vraiment? Je croyais que le jardinier fermait les grilles chaque nuit?

– Je... J'ai sauté par-dessus le mur.

Cette fois, Mr Satterthwaite scruta son voisin avec plus d'attention, s'interrogeant sur ce qui avait pu le pousser à agir ainsi, alors que, débarqué sur l'île la veille, il n'avait sûrement pas eu le temps de s'éprendre de *La Paz* au point de désirer y revenir dès la nuit tombée. Furtivement, il jeta un coup d'œil vers la villa toujours figée dans son immuable sérénité. Non... la solution du mystère ne se cachait pas là.

– Et vous avez trouvé quelqu'un rôdant par ici dans la soirée?

L'autre approuva du chef.

– Il portait un travesti.

– Un travesti?

– Une sorte de costume d'Arlequin.

– Comment?

L'exclamation du vieux monsieur étonna le jeune homme qui crut bon d'ajouter :

– Je suppose que les hôtels organisent souvent des bals masqués?

– Oh! certainement... certainement. Dites-moi, savez-vous quelque chose de la catalyse?

– Non. Qu'est-ce que c'est?

Mr Satterthwaite cita gravement :

– Une réaction chimique dont le succès dépend de la présence d'une autre substance qui, elle, ne se modifie pas.

– Ah?...

– J'ai un ami du nom de Quinn qui correspond exactement à cette définition. Il se trouve toujours là où quelque chose de sensationnel va se produire et, grâce à lui, des faits *a priori* incompréhensibles sont élucidés sans qu'il lui soit personnellement nécessaire de prendre part aux débats. Je suis presque certain que c'est lui que vous avez rencontré.

– Votre ami me fait l'effet d'un type étonnant. Il m'a flanqué un sacré choc! Il a surgi devant moi comme s'il arrivait de la mer!

Mr Satterthwaite abaissa son regard vers le fond du précipice tandis que son voisin ricanait :

– Naturellement, c'est impossible car même un

insecte ne trouverait pas prise sur ces rochers. Néanmoins c'est l'impression qu'il m'a donnée.

Il regarda à son tour au-delà de l'étroit plateau.

– Une chute verticale... Tomber de cet endroit, c'est la mort obligée.

– Un coin idéal pour commettre un crime.

L'inconnu le regarda médusé, avant d'admettre sans conviction :

– Oui... bien sûr...

Il se tut et de la pointe de sa canne traça pensivement des signes dans le sable.

Mr Satterthwaite découvrit soudain l'analogie qui l'avait intrigué. Cette interrogation muette, incrédule... le chien l'avait fixé d'une manière identique après avoir été renversé par la voiture. La même question pathétique et le même reproche : « *Oh! monde en qui j'avais confiance... que m'avez-vous fait?* »

Il y avait d'autres ressemblances entre le jeune homme et le chien : un penchant commun pour les plaisirs faciles, une même lacune dans le domaine intellectuel. Ils se contentaient du moment présent, avec ses sensations charnelles : le soleil, la mer, le ciel, un tas d'ordures discret... et puis, quoi? Une voiture avait abattu le chien. Qu'est-ce qui avait terrassé l'homme?

L'inconnu rompit le silence pour remarquer d'une voix sourde :

– On se demande à quoi tout cela sert?

Mots familiers, qui habituellement amenaient un sourire sur les lèvres du vieux gentleman car ils révélaient l'égoïsme foncier de l'humanité, toujours portée à considérer chaque manifestation de la vie comme destinée exclusivement à assouvir son plaisir ou apaiser son tourment. Il ne répondit pas et l'autre reprit en hésitant :

– J'ai entendu dire que chacun de nous devait construire une maison, planter un arbre et avoir un fils. (Après un court silence, il ajouta) : Je crois me souvenir d'avoir planté un gland, il y a longtemps...

Mr Satterthwaite s'agita un peu. Sa curiosité à propos des drames secrets de ses semblables – et dont la duchesse l'avait récemment accusé – était piquée au vif. Auditeur parfait, sachant placer çà et là le mot d'encouragement nécessaire, il apprit bientôt l'histoire du jeune homme.

Anthonry Cosden – c'était son nom – avait mené une existence qui correspondait bien aux suppositions de Mr Satterthwaite. Une vie très ordinaire... des revenus moyens, quelques mois de service militaire, beaucoup de sport et, lorsque l'occasion se présentait, des amis, des moyens agréables de passer le temps, des femmes. Un genre d'existence où le manque de toute richesse intellectuelle avait été remplacé par un excès de plaisirs futiles; pour parler franc : une vie uniquement animale. Et pourtant, il y avait pire que lui... les années avaient coulé heureuses... jusqu'au jour où...

Il aborda le sujet qui lui tenait à cœur avec des phrases décousues. Il n'avait jamais rien soupçonné... Et puis, son médecin lui conseilla d'aller consulter un confrère de Harley Street et là, il apprit la vérité. Malgré les paroles de réconfort, les conseils de prudence et tout le boniment, aucun espoir ne subsistait; il lui restait six mois à vivre.

Il tourna son regard implorant vers Mr Satterthwaite. Une telle révélation avait de quoi vous donner un choc et le vieux gentleman, ne sachant que dire, hocha gravement la tête, laissant entendre par là qu'il comprenait.

Difficile de s'adapter à une telle situation! Comment passer le temps en attendant la fin? Il ne se sentait pas malade – pas encore – mais les médecins l'avaient prévenu que la douleur viendrait plus tard. Il avait essayé de reprendre son train de vie habituel mais il ne s'en sentait plus le courage.

Là, Mr Satterthwaite l'interrompit. N'y avait-il pas une femme près de lui?

Apparemment non. Il connaissait plusieurs femmes mais aucune ne lui était vraiment attachée. Ses amis s'en allaient et, de son côté, il les fuyait. C'est la raison pour laquelle il voyageait.

– Pourquoi avez-vous choisi cette île? insista Mr Satterthwaite qui pressentait quelque mystère caché. Vous êtes déjà venu ici, peut-être?

– Oui, admit-il presque à contrecœur. Il y a des années, lorsque j'étais jeune.

Inconsciemment, il tourna la tête vers la villa mais reporta vivement son regard vers la mer.

– Je me souviens de cet endroit. *Un pas vers l'éternité.*

– Et c'est ce qui vous a poussé à revenir ici hier soir, enchaîna calmement Mr Satterthwaite.

Anthony Cosden parut troublé et tenta de protester :

– N'allez pas croire...

– Hier soir, vous avez constaté que vous n'étiez pas seul et cet après-midi, je me trouve sur votre chemin. Ainsi votre vie vient d'être... sauvée par deux fois.

– C'est possible mais... au diable! Après tout, il s'agit de ma vie! J'ai bien le droit d'en disposer comme bon me semble!

– Phrase stéréotypée...

– Evidemment... Vous faites de votre mieux pour me dissuader d'attenter à mes jours et, à votre place, je n'agirais pas autrement, même si je vous approuvais. Cependant, au fond de vous, vous devez savoir qu'une fin rapide vaut mieux qu'une longue attente sans espoir. De toute manière, ce n'est pas comme si quelque part quelqu'un s'intéressait à moi...

– Et si c'était le cas?

– Je... je ne sais pas. Il me semblait pourtant que cette solution s'avérait préférable. Et, voyez-vous, je n'ai personne...

Il s'interrompit brusquement et Mr Satterthwaite – l'incurable romantique – suggéra à nouveau qu'il songeait peut-être à une femme? Cosden nia, mais ne se plaignit pas. Tout bien considéré, il avait joui d'une existence agréable bien qu'il regrettât de ne pas laisser un fils derrière lui.

A ce moment, Mr Satterthwaite perdit patience. Aucun être, déclara-t-il, n'ayant pas dépassé l'état de larve, n'a le droit de prétendre connaître la vie! Comme son voisin ne semblait pas comprendre le sens de ses paroles, il crut bon d'ajouter :

– Vous n'avez pas encore commencé à vivre!

Cosden eut un rire bref.

– Mes cheveux sont gris. J'ai quarante...

– Cela ne veut rien dire. L'existence est un

ensemble d'épreuves physiques et morales. Moi, par exemple, j'ai soixante-neuf ans et j'ai vraiment mon âge car j'ai subi, soit personnellement, soit en tant que témoin principal, toutes les épreuves qu'impose la vie. Vous êtes comme un homme qui parlerait des quatre saisons alors qu'il ne connaîtrait que la neige et le verglas! Les fleurs du printemps, les longues journées de l'été, les feuilles qui tombent en automne, il ne sait rien de tout cela, il ne se doute même pas que ces choses puissent exister... Et vous voulez renoncer à la joie de les découvrir?

– Vous oubliez que je n'en ai plus que pour six mois! coupa Cosden d'un ton sec.

– Le temps, comme tout le reste, n'est que relatif. Ces six mois peuvent se révéler les plus longs et les plus riches que vous ayez jamais connus.

– A ma place, cependant, je suis sûr que vous n'attendriez pas l'échéance!

– Si. D'abord parce que je n'aurais pas le courage de mettre fin à mes jours. Ensuite...

– Ensuite?

– ... Parce que je suis trop curieux de découvrir de quoi sera fait le jour suivant celui que je vis.

Cosden se leva en riant.

– Vous avez été bien bon d'écouter mes confidences ennuyeuses, monsieur. Je crois que j'ai trop parlé et je vous prie d'oublier mes propos.

– Et demain, lorsque l'on découvrira qu'un accident a eu lieu, je devrais me taire? Je ne pourrai même pas suggérer qu'il s'agit d'un suicide?

– Je vous laisse le soin de décider. Je suis heureux de constater que vous comprenez au moins une chose – vous ne pouvez pas m'empêcher de mettre mon projet à exécution.

– Mon cher monsieur, il me serait difficile de me cramponner à vous car, tôt ou tard, vous m'échapperiez. Pour cet après-midi, en tout cas, il vous faut renoncer. Vous n'iriez pas vous tuer en me laissant face aux soupçons qui pourraient m'accabler?

– Bien sûr que non. Si vous avez l'intention de demeurer ici...

– Certainement!

Avec un sourire jovial, Cosden conclut :

– Alors, je me vois obligé d'ajourner mon plan. Je retourne à l'hôtel. Nous nous y reverrons peut-être.

Demeuré seul, Mr Satterthwaite contempla pensivement la mer.

– Et maintenant... que faire? Il doit bien y avoir un moyen d'agir. Je ne sais si...

Il se leva, regarda un moment les vagues mais, ne trouvant aucune solution au problème qui le tourmentait, regagna le jardin de la villa, désert à cette heure-ci. Il leva les yeux sur la maison silencieuse et secrète, se demandant, ainsi que cela lui arrivait souvent, quels mystères abritaient ses murs. Poussé par une impulsion soudaine, il gravit les quelques marches croulantes qui menaient à une porte-fenêtre et écarta doucement un des volets.

A sa grande surprise, le panneau ne résista pas à sa pression. Après une hésitation, il le tira et se recula vivement en poussant une exclamation étonnée. Une femme se tenait immobile dans l'embrasure, drapée de noir, la tête enveloppée dans une mantille.

Saisi, Mr Satterthwaite ne put que balbutier quelques mots d'excuse, s'aidant d'italien et d'allemand faute d'espagnol et battit rapidement en retraite. La femme n'avait pas prononcé un mot.

Il s'éloignait déjà lorsqu'elle l'interpella sèchement :

– Revenez!

L'ordre aurait pu être adressé à un chien, mais Mr Satterthwaite se retrouvait devant la porte-fenêtre avant même d'avoir eu le temps d'éprouver la moindre velléité de révolte. La femme, demeurée au même endroit, le soupesait du regard. Après un long silence, elle remarqua d'une voix calme :

– Vous êtes anglais, n'est-ce pas?

– Si j'avais su que vous étiez vous-même anglaise, je me serais exprimé plus clairement. Je vous présente mes excuses les plus sincères pour mon indiscrétion. Je crains de ne pouvoir expliquer ce qui m'a poussé à agir de la sorte, sinon un grand désir de jeter un coup d'œil à l'intérieur de cette charmante villa.

Elle eut un rire grave.

– Alors, vous feriez mieux d'entrer.

Elle s'écarta pour le laisser passer et Mr Satterthwaite, en proie à une grande excitation, s'avança dans une pièce plongée dans l'ombre dont les persiennes des fenêtres opposées étaient tirées. Il distingua vaguement le pauvre mobilier couvert d'une épaisse couche de poussière.

– Je n'utilise jamais cet endroit. Venez par ici.

Elle le guida le long d'un vestibule vers une pièce située sur la façade opposée où les fenêtres ouvrant sur la mer laissaient le soleil entrer à flot. Les meubles, comme ceux de l'autre pièce, ne payaient pas de mine mais les tapis usés affichaient encore un certain cachet ainsi qu'un large paravent en cuir de Cordoue. Des fleurs fraîchement coupées égayaient l'atmosphère.

– Prendrez-vous le thé en ma compagnie? s'enquit l'inconnue. Il est très bon et préparé à l'anglaise.

Sur la réponse affirmative de Mr Satterthwaite, elle alla vers la porte, lança un ordre en espagnol et revint prendre place sur un sofa, en face de son hôte qui put l'observer à loisir.

La personnalité qui se dégageait d'elle lui donna l'impression d'être plus vieux et plus desséché que jamais. Grande, la peau très mate, elle était belle bien qu'elle ne fût plus jeune. Sa présence mettait dans la pièce un éclat particulier. Très vite une sensation de chaleur et de confort commença à pénétrer Mr Satterthwaite. C'était comme s'il tendait ses mains décharnées vers une flamme reposante. Il pensa : « Elle possède en elle tant de vitalité qu'elle pourrait en faire profiter d'autres personnes. »

Il se souvint de l'autorité de sa voix lorsqu'elle l'avait rappelé et souhaita que sa protégée, Olga, ait pu avoir un peu de sa force intérieure. « Quelle Yseult elle ferait... et cependant, il est probable que celle-ci n'a pas la moindre disposition pour le chant. Que le monde est mal fait! » Elle l'effrayait aussi, un peu. Il craignait les femmes autoritaires.

De son côté, l'inconnue l'avait observé pensivement, le menton dans les mains. Elle articula lentement :

– Je suis heureuse que vous soyez venu. Cet après-midi, j'ai terriblement envie de parler à quelqu'un. Vous avez l'habitude de jouer le rôle d'auditeur, n'est-ce pas?

– Je ne comprends pas...

– Je veux dire qu'on se confie souvent à vous. Pourquoi ne pas l'admettre?

– Ma foi...

Elle l'interrompit avec impatience :

– Vous avez dans votre nature un côté très féminin. Vous devinez ce que nous ressentons et pensons, nous, les femmes Vous comprenez ce qui nous pousse à accomplir des actes souvent jugés irréfléchis par les hommes.

A ce moment, une servante espagnole entra chargée d'un plateau. Le thé, qui venait de Chine, était parfait. Mr Satterthwaite le dégusta en gourmet puis, reposant sa tasse, il s'enquit :

– Vous vivez ici?

– Oui.

– Pas en permanence? Je crois savoir que la maison est généralement fermée.

– Je l'occupe bien plus souvent qu'on le pense mais je n'utilise que cette façade-ci.

– Possédez-vous cette villa depuis longtemps?

– Vingt-deux ans et j'y ai vécu une année avant de l'acheter.

Assez maladroitement – tout au moins le jugea-t-il ainsi – Mr Satterthwaite déclara :

– Cela fait un bien long bail.

– La première année ou les vingt-deux qui suivirent?

L'intérêt du vieux gentleman s'éveilla. Gravement, il déclara :

– Cela dépend.

– Oui... cela dépend. Deux périodes distinctes qui n'ont aucun rapport entre elles. Laquelle des deux fut la plus longue? Même à présent, je ne saurais le préciser.

Elle resta un long moment songeuse, puis annonça avec un pâle sourire :

– Il y a tellement longtemps que je n'ai parlé à quelqu'un... tellement longtemps! Je ne m'en plains pas, cependant. Vous êtes venu à ma fenêtre avec l'intention de jeter un coup d'œil chez moi. Ce que vous faites toujours, n'est-ce pas? Vous poussez les persiennes et regardez dans la vie des gens, qu'ils le veuillent ou non. Il doit être difficile de vous cacher quelque chose, car je suis certaine que vous avez le don de deviner.

– C'est vrai. J'ai soixante-neuf ans et tout ce que je sais de la vie, je l'ai appris de source secondaire. Parfois, j'en éprouve quelque tristesse mais, de cette façon, j'ai découvert beaucoup de choses.

– Je comprends mais je me représente mal ce que ce doit être que de tout voir en spectateur.

– Parce que votre place est au centre de la scène. Vous serez toujours la « prima donna ».

– Quelle étrange remarque!

– Mais juste. Vous avez affronté des situations difficiles, complexes et j'ai l'impression que certaines d'entre elles ont eu un caractère tragique. Est-ce que je me trompe?

Elle plissa les yeux et l'observa un moment encore avant de dire :

– Si vous restez ici assez longtemps, vous apprendrez l'histoire de ce nageur anglais qui se noya au pied de cette falaise. On vous rapportera qu'il était fort beau et que sa jeune femme le vit périr du haut de la falaise.

– On me l'a déjà racontée.

– Cet homme était mon mari. La villa lui appartenait et il m'y amena lorsque j'avais dix-huit ans. Un an plus tard, il mourait, emporté par le courant, après avoir été déchiré par les rochers.

Mr Satterthwaite poussa une exclamation horrifiée tandis qu'elle poursuivait :

– Vous parliez de tragédie? Pouvez-vous en imaginer une plus terrible que celle d'une très jeune femme, mariée seulement depuis un an et devant regarder sans pouvoir lui porter secours, l'homme qu'elle aime, lutter contre la mort et être finalement vaincu?

– C'est terrible... terrible. Aucune expérience ne peut s'avérer pire que celle-ci.

A sa grande surprise, elle rejeta la tête en arrière et éclata de rire.

– Vous vous trompez. Il y a pire. Que penseriez-vous si la jeune femme dont je vous parle, loin de s'affoler, espérait assister à la mort de son mari?

– Seigneur! Que dites-vous là? Ce n'est pas possible?...

– Si. Je me suis agenouillée et j'ai prié. La bonne espagnole pensait que je demandais à Dieu d'épargner la vie de mon mari. A la vérité, je cherchais dans la prière la force de chasser cette pensée de mon esprit... mais c'était impossible. Je ne cessais d'espérer... d'espérer... et mon vœu s'est enfin réalisé. (Elle se tut un moment avant de poursuivre :) C'est atroce, n'est-ce pas? Je n'ai jamais pu oublier un pareil moment. J'éprouvai un tel bonheur lorsqu'on m'apprit qu'il était réellement mort et ne viendrait plus jamais me tourmenter...

– Mon enfant! laissa échapper Mr Satterthwaite bouleversé.

– J'étais trop jeune pour subir une épreuve si cruelle. Ces histoires-là ne devraient arriver que lorsqu'on est plus mûr et que l'on possède plus d'expérience. Personne ne connaissait le véritable caractère de mon mari. La première fois que je le vis, je le trouvai merveilleux et le jour où il m'a demandé de devenir sa femme, je débordai de bonheur et de fierté. Mais, dès le début de notre mariage, l'enfer commença... Il se montrait sans cesse mécontent de moi, et tous mes efforts pour lui être agréable échouaient. A mesure que le temps passait, il se complaisait de plus en plus à me blesser et par-dessus tout, à me terroriser. Il imaginait toutes sortes de méchancetés, d'humiliations dont je ne vous parlerai pas. Parfois, je me disais qu'il devait être fou. Je me trouvais seule dans cette maison, à la merci de sa cruauté. Le pire fut le bébé que j'attendais et qui, à cause de ses brutalités, vint au monde mort-né. Mon enfant... Jc faillis mourir, moi aussi; mais, bien que j'eusse souhaité cette délivrance, je survécus.

» Je fus enfin libérée... le jour où il se noya. Des filles qui logeaient à l'hôtel lui avait lancé un défi et malgré les avertissements des Espagnols qui savaient qu'en cet endroit le courant est dangereux, il voulut à tout prix sauver la face. Je l'ai donc vu aller à sa perte, indifférente.

Mr Satterthwaite tendit sa petite main chétive et elle l'agrippa comme l'aurait fait un enfant. La maturité disparut soudain de son visage et le vieux gentleman vit ce qu'elle avait été à dix-neuf ans.

– Tout d'abord, je ne pouvais croire à mon bonheur. La maison m'appartenait et dorénavant, je pouvais y vivre à ma guise, sans crainte. Je n'avais pas de famille et personne ne se souciait de me prendre sous sa coupe. J'avais vraiment l'impression d'être au paradis... oui, au paradis! Je n'ai jamais été si heureuse de ma vie.

Elle se tut et au bout d'un long moment, Mr Satterthwaite la pressa doucement.

– Qu'arriva-t-il ensuite?

– Je suppose que notre nature est ainsi faite qu'elle demande toujours plus. Les premiers temps, la liberté me suffit, mais bientôt, je commençai à m'ennuyer et à repenser à mon enfant. Je le voulais en tant que bébé, pour me distraire. C'était là un désir puéril, sans doute, mais qui m'obsédait de plus en plus.

– Je comprends.

– Je ne sais comment expliquer ce qui suivit... C'est... c'est arrivé tout simplement. Un jour, un jeune Anglais descendu à l'hôtel du village pénétra dans mon jardin par erreur. Il me vit, vêtue du costume du pays et me prit pour une jeune Espagnole. Trouvant l'aventure amusante, je décidai de jouer le jeu. Comme il ne baragouinait que quelques mots d'espagnol, je lui dis que la villa appartenait à une dame anglaise absente pour le moment, qui avait eu la bonté de me donner quelques notions de sa langue. Je prétendis m'exprimer avec difficulté, ce qui m'amusa beaucoup. Je me souviens encore combien la situation était drôle. Il me courtisa un peu et nous décidâmes de faire comme si nous venions de nous marier et d'acheter la villa. Je lui suggérai d'essayer d'ouvrir l'une des persiennes – celle par laquelle vous êtes entré ce soir – elle n'était que poussée et à l'intérieur la pièce se trouvait dans le même état où vous l'avez vue. Nous fîmes bien attention de nous déplacer sans bruit. C'était palpitant et merveilleux.

Elle leva un regard implorant sur Mr Satterthwaite avant de poursuivre :

– J'avais l'impression de vivre un conte de fées...

Il hocha la tête. Il la voyait peut-être plus clairement qu'elle ne se voyait elle-même – une enfant abandonnée à la solitude et qui s'était laissée prendre à une aventure sans lendemain.

– ... J'imagine que ce garçon n'avait rien d'exceptionnel. Il cherchait seulement à se distraire, mais il joua bien son rôle de prétendu époux. Le lendemain, il revint à la villa, je l'aperçus de la fenêtre de ma chambre mais, naturellement, il ne se doutait pas que je le guettais. Il m'imaginait encore sous l'aspect de la petite servante espagnole qui avait consenti à le revoir. Il resta un long moment à m'attendre, mais je n'avais nullement l'intention de le rejoindre. Il paraissait inquiet. Je crois qu'il se faisait du souci à mon sujet, ce qui était très gentil de sa part. Un charmant garçon... Le jour suivant, il quitta l'île et je ne l'ai jamais revu. Lorsque notre enfant naquit, je connus un grand bonheur. J'avais enfin ce que je désirais le plus au monde et personne autour de moi pour me faire du mal ou me rendre malheureuse. Je regrettais de n'avoir pas demandé à mon amoureux anglais comment il se prénommait car j'aurais aimé que son fils s'appelât comme lui. Je trouvais injuste, en un sens, que cet homme n'ait jamais rien su mais, d'un autre côté, il se serait peut-être fait du souci et m'en aurait voulu... je n'avais été pour lui qu'un amusement passager, rien de plus.

– Et l'enfant?

– Splendide! Je l'ai appelé John. Je souhaiterais que vous puissiez le voir. Il a maintenant vingt ans et étudie afin de devenir ingénieur des mines. Pour moi, il s'est toujours montré le meilleur et le plus affectueux des fils. Je lui ai raconté que son père était mort avant qu'il ne soit né.

Mr Satterthwaite fixa la jeune femme, étonné. Curieuse histoire... Il avait cependant le sentiment qu'elle ne lui avait pas tout confié.

– C'est long, vingt ans... N'avez-vous jamais songé à vous remarier?

Elle fit signe que non mais Mr Satterthwaite remarqua que ses joues s'empourpraient.

– L'enfant vous a toujours suffi?

Le regard de la jeune femme s'adoucit. Elle murmura :

– Quelque chose d'étrange se passa en moi, quelque chose que vous ne pourriez pas comprendre... pourtant si, vous, vous devez pouvoir comprendre. A l'époque, je n'éprouvai aucun attachement profond pour le père de John. Au vrai, je crois que j'ignorais ce que l'amour signifiait. Je présumais que l'enfant serait comme moi, mais je découvris que je me trompais. Il était semblable à son père... à personne d'autre qu'à son père, et j'ai lentement appris à aimer cet homme à travers son fils. A présent, je l'aime et je l'aimerais toujours. Vous pensez peut-être que c'est pure rêverie de ma part, que je me suis inventé un idéal? Pourtant je l'aime autant qu'un homme de chair et de sang et, si je devais le rencontrer demain, je le reconnaîtrais sans hésiter, bien qu'il y ait plus de vingt ans que je l'aie vu. Cet amour m'a mûrie, il m'a tenu compagnie durant toutes ces années. Je mourrai en pensant à lui.

Elle s'interrompit et lança un regard de défi au vieux gentleman.

– Vous croyez que je suis folle de nourrir de telles idées?

Il lui prit à nouveau la main.

– Voyez, chère madame!

– Vous comprenez?

– Je crois. Mais, il y a autre chose, n'est-ce pas? Quelque chose que vous ne m'avez pas encore confié.

– Vous êtes très observateur et je pensais bien que vous n'étiez pas le genre d'homme auquel on peut mentir. C'est vrai, il y a autre chose, mais je ne veux pas vous en parler. Il vaut mieux que vous ne sachiez rien.

Elle le brava du regard et il se dit : « Voilà l'épreuve. Toutes les données sont entre mes mains donc, si je raisonne juste, je dois trouver ce qu'elle cherche à me cacher. »

– Quelque chose s'est produit...

Les paupières de la jeune femme battirent et il sut qu'il s'engageait sur la bonne voie.

– Quelque chose s'est produit, brusquement... après toutes ces années. (Il tâtonnait, fouillant les recoins de son esprit, à la recherche de son secret.) Votre fils... c'est au sujet de votre fils. Pour vous, rien ne saurait avoir plus d'importance que ce fils...

Il perçut l'exclamation étouffée qui lui échappa et comprit qu'il venait de toucher juste. Il savait qu'il accomplissait une tâche cruelle mais nécessaire. La volonté de la jeune femme autoritaire mais lucide se heurtait à la sienne, masquée sous des dehors aimables. Il sentait qu'il agissait selon son devoir mais ne pouvait s'empêcher d'éprouver une pitié passagère pour tous ceux dont la mission est de traquer le crime. Il pensait à leurs problèmes, leur lente progression à la recherche d'une vérité toujours fuyante et finalement leur moment de triomphe, le but atteint... L'entêtement de la jeune femme à garder son secret le mit sur la voie.

– Vous prétendez qu'il vaut mieux pour moi que je ne sache rien. Moi? Vous n'êtes sûrement pas le genre de femme qui hésiterait à susciter une inquiétude éphémère chez un étranger. Il doit donc s'agir de quelque chose de sérieux et si j'en avais connaissance, je deviendrais une sorte de complice... Un crime? Fantastique! Comment associer ce mot à une femme telle que vous? A moins qu'il ne soit question d'un crime contre votre personne?

Elle baissa la tête sans répondre.

Mr Satterthwaite lui saisit le poignet.

– C'est donc cela! Vous voulez vous suicider.

Elle poussa un cri d'animal blessé.

– Comment avez-vous deviné?

– Mais pourquoi? Vous n'êtes pas lasse de la vie? Je n'ai jamais rencontré quelqu'un qui débordât d'une telle vitalité.

Elle se leva, marcha vers la fenêtre et repoussa machinalement une mèche de son front.

– Au point où nous en sommes, je ferais aussi bien de tout vous avouer. Je n'aurais jamais dû vous laisser entrer ce soir. J'aurais dû comprendre que vous perceriez mon secret. Oui, vous avez raison, il s'agit de mon fils. Il ne sait rien. Mais la dernière fois qu'il était ici, il me parla d'une façon cruelle d'un de ses amis et j'ai compris que s'il apprenait jamais qu'il était un enfant naturel, il en souffrirait horriblement. Il est tellement orgueilleux! Il a rencontré une jeune fille. Je ne veux pas entrer dans les détails, mais il va bientôt venir et il insistera pour tout savoir sur son père. Les parents de la jeune fille, évidemment, souhaitent connaître sa famille. Lorsqu'il découvrira la vérité, il renoncera à son mariage, s'en ira et gâchera sa vie. Oh! je me doute de ce que vous pensez. Il est jeune et bien sot de prendre la chose ainsi au tragique! C'est peut-être vrai mais ce que devraient être les gens importe-t-il? Ils sont ce qu'ils sont. *Il en aura le cœur brisé...* Or, si avant qu'il ne vienne, je suis victime d'un accident, tout rentrera dans l'ordre. Il fouillera mes papiers, ne trouvera rien et m'en voudra de l'avoir laissé dans l'ignorance. Mais il ne soupçonnera jamais la vérité. Croyez-moi, c'est la meilleure solution. Le bonheur se paye et j'ai été très gâtée. Le prix ne sera pas tellement élevé. Un peu de courage avant de sauter, une minute de panique, peut-être...

– Mais, ma chère enfant...

– Ne protestez pas, coupa-t-elle sèchement. Je ne veux pas entendre d'argument conventionnel. Je suis seule maîtresse de ma vie qui, jusqu'à présent, avait son utilité : John. Maintenant, il n'a plus besoin de moi, il lui faut une compagne. Il s'appuiera d'autant plus sur elle que je ne serai plus là. Ma mort aura son utilité. J'ai le droit de disposer de mon existence comme bon me semble.

– En êtes-vous certaine?

Le ton sévère de Mr Satterthwaite la surprit. Elle balbutia :

– Elle n'est utile à personne... et je suis le meilleur juge dans cette affaire...

Il l'interrompit.

– Pas obligatoirement.

– Que voulez-vous dire?

– Ecoutez, je vais vous raconter une histoire curieuse. Imaginez qu'un homme se rende en un certain endroit pour se suicider. Or, le hasard veut qu'il rencontre un autre homme au lieu choisi pour mourir, ce qui le force à renoncer à son projet. Notre désespéré s'en va... et continue à vivre. L'autre homme l'a donc sauvé, non pas en accomplissant un geste utile, ou en jouant un rôle quelconque, mais simplement parce qu'il se trouvait au moment où il le fallait, là où il le fallait. Vous attentez aujourd'hui à votre vie et dans cinq, six, ou sept ans, quelqu'un se donnera peut-être la mort, faute de votre présence en un endroit déterminé. Il peut s'agir d'un cheval emballé, dévalant la rue au galop et qui, à votre vue, fait un écart, évitant ainsi d'écraser un enfant qui jouait dans le ruisseau. Cet enfant qui grandira risque de devenir un jour un brillant musicien ou un grand savant ou tout simplement un homme ordinaire, menant une existence simple et heureuse...

– Vous êtes un personnage étrange. Ces choses dont vous parlez... Je n'y avais jamais songé.

– Vous affirmez que votre vie vous appartient, mais avez-vous le droit de ne tenir aucun compte de l'hypothèse qu'un rôle important vous soit attribué dans le drame gigantesque que dirige Dieu? Votre tirade ne viendra peut-être qu'à la fin de la pièce, il est possible qu'elle soit insignifiante, celle d'une passante qui traverse simplement la scène mais dont la présence peut influencer le dénouement de la tragédie si elle n'abandonne pas son rôle à un autre acteur.

Elle s'assit et, le fixant avec intensité, s'enquit :

– Que voulez-vous que je fasse?

C'était le moment du triomphe pour Mr Satterthwaite.

– Que vous me promettiez au moins une chose : ne tentez rien d'irrévocable avant vingt-quatre heures.

Elle resta un moment silencieuse puis articula :

– Je vous le promets.

– J'ai aussi un service à vous demander.

– Quoi?

– Ne fermez pas de l'intérieur les persiennes de la pièce par laquelle je suis entré et, ce soir, restez postée derrière.

Elle le regarda intriguée mais acquiesça.

– Et maintenant, conclut-il, je dois me retirer. Que Dieu vous garde, mon enfant.

Il regagna l'hôtel à la nuit tombante et remarqua tout de suite une ombre solitaire sur la terrasse. Mr Satterthwaite s'approcha, le cœur battant. Il sentait que des événements importants dépendaient de lui. Une fausse manœuvre, et...

Il s'imposa un effort pour réprimer son émotion et s'adressa d'un ton posé à Anthony Cosden.

– La soirée est chaude. J'ai perdu la notion du temps, assis au sommet de la falaise.

– Y êtes-vous resté tout ce temps?

Mr Satterthwaite répondit que oui. Les portes battantes donnant dans le hall de l'hôtel furent poussées par un client et un rayon de lumière éclaira un moment le visage tourmenté de son voisin qui déclara d'une voix âpre :

– J'irai y faire un tour après le dîner. Vous... comprenez? On assure que la troisième fois est la bonne. Je vous prie de ne pas intervenir. Je sais que vous seriez mû par un bon sentiment mais croyez-moi... c'est inutile.

Mr Satterthwaite se pencha vers lui.

– Je n'interviens jamais.

– Je sais bien ce que vous pensez...

– Permettez-moi de vous contredire. Personne ne sait ce que pense son voisin. On peut se figurer deviner juste mais en général, on se trompe.

– Ma foi, vous avez peut-être raison...

Mr Satterthwaite se cala plus confortablement dans son fauteuil.

– Eh bien! abordons un sujet moins pénible!

Cette vieille villa par exemple... Elle possède un charme particulier, ainsi située en retrait du monde et cache Dieu sait quel mystère. Je me suis laissé aller à commettre un geste pas très élégant ce soir. J'ai essayé d'ouvrir l'une des persiennes.

– Vraiment? Et vous avez constaté qu'elle était fermée de l'intérieur, sans aucun doute?

– Non, elle n'était pas fermée. (Il ajouta doucement :) La troisième en partant de l'angle de la façade.

– Mais, c'est la même...

Il s'arrêta net, mais Mr Satterthwaite perçut son émotion.

Il se leva... satisfait.

Une légère anxiété le tourmentait, cependant. Epris comme toujours du drame humain, il souhaita avoir donné ses quelques répliques correctement, car elles risquaient de peser un poids très lourd sur la suite des événements.

Après un moment de réflexion, il se promit d'être satisfait de lui-même. En se rendant à la falaise, Cosden irait vers la persienne. Il n'était pas dans la nature des hommes de résister à la tentation. Un souvenir vieux de quelque vingt ans l'avait ramené en ce lieu, le même souvenir le guiderait vers cette persienne. Et après?

« Je saurai au matin », sc consola Mr Satterthwaite en allant se changer pour le dîner.

Vers 10 heures, le lendemain, le vieux gentleman gagna les jardins de *La Paz.* Manuel le salua et lui tendit un bouton de rose que Mr Satterthwaite passa délicatement à sa boutonnière. Il se dirigea ensuite vers la maison et resta un long moment à contempler les murs blancs, la plante grimpante, couleur orange et les volets d'un vert décoloré. Quel silence, quelle paix! Toute cette histoire aurait-elle été un rêve?

On poussa une porte-fenêtre et la personne qui occupait son esprit apparut. Elle s'avança vers lui d'une démarche légère, comme portée par une grande vague. Ses yeux brillaient, son teint était coloré. Elle ressemblait à une de ces figures joyeuses représentée sur des frises. L'hésitation, le doute, la crainte avait disparu. Elle s'approcha de Mr Satterthwaite, posa sa main sur ses épaules et l'embrassa, pas une fois, mais à plusieurs reprises.

– Je suis tellement heureuse. Vous êtes merveilleux! Comment avez-vous deviné? Comment *avez-vous pu* deviner? Vous êtes comme le bon magicien des contes de fées.

Elle s'interrompit un moment, semblant suffoquée par le bonheur.

– Nous allons voir le consul aujourd'hui pour qu'il nous marie. Lorsque John viendra, il rencontrera son père. Nous lui dirons qu'il y a eu un malentendu entre nous dans le passé. Oh! il ne posera pas de questions. Je suis tellement heureuse... heureuse... Anthony a été ravi d'apprendre qu'il avait un fils. Je ne l'aurais jamais cru. N'est-ce pas extraordinaire que les choses s'arrangent et finissent si bien?

Il voyait en elle l'enfant qu'elle était demeurée en dépit de l'âge, avec ses chimères, sa foi dans les contes de fée où un homme et une femme qui se sont enfin rencontrés « vivent heureux à tout jamais ».

Il suggéra avec douceur :

– Si vous apportez le bonheur à cet homme pour les derniers mois qu'il lui reste à vivre, vous aurez accompli une belle et bonne action.

Elle protesta :

– Vous ne pensez tout de même pas que je vais le laisser mourir? Après toutes ces années... juste au moment où il revient vers moi? J'ai connu beaucoup de personnes condamnées par les médecins qui vivent encore aujourd'hui. Mourir? Mais voyons, c'est impossible!

Il soupesa mentalement sa force, sa beauté, son courage et sa volonté... Lui aussi avait connu des médecins qui s'étaient trompés dans leur diagnostic. Nul ne sait quelle force représente la volonté de vivre...

Elle insista sur un ton de défi joyeux :

– Croyez-moi, je ne le laisserai pas mourir!

– Je vous crois.

Ayant pris congé, Mr Satterthwaite gagna le banc face à la mer et il y rencontra celui dont il espérait la venue depuis le début de cette histoire. Mr Quinn se leva et le salua... Il était toujours le même, sombre et taciturne, souriant et triste à la fois.

– Vous m'attendiez?

– Je vous attendais.

Ils prirent place sur le banc.

– Cher Mr Satterthwaite, j'ai comme une idée que vous venez à nouveau de jouer le rôle de la Providence?

L'interpellé lui lança un regard de reproche.

– Comme si vous n'étiez pas au courant.

– Vous vous figurez toujours que je suis omniscient.

– Si vous n'étiez pas au courant, pourquoi vous trouviez-vous ici même, avant-hier soir?

– Disons que j'étais chargé d'une mission.

– Par qui?

– Vous souvenez-vous que vous m'avez parfois nommé l'avocat des morts?

– Des morts? Je ne comprends pas...

Mr Quinn tendit un doigt effilé vers la mer bleue.

– Un homme s'est noyé ici, il y a vingt-deux ans.

– Je sais mais... je ne vois pas...

– Supposons qu'en dépit des apparences, cet homme ait aimé sa jeune épouse. L'amour peut transformer certains humains en démons aussi bien qu'en anges. Elle manifestait une adoration enfantine pour lui mais il ne parvenait pas à atteindre la femme en elle... Cela le rendit fou. Il la tortura parce qu'il l'aimait. De telles choses arrivent. Vous ne l'ignorez pas.

– Oui... mais très rarement.

– Et vous savez qu'il existe plus communément un sentiment appelé le remords... le désir de s'amender... de s'amender à tout prix.

– Oui, mais la mort survient toujours trop tôt...

– La mort! fit Mr Quinn avec mépris. Vous croyez à une nouvelle vie qui suit la mort, n'est-ce pas? Alors, qui êtes-vous pour prétendre que les mêmes vœux, les mêmes désirs ne nous habitent pas dans cette autre vie? Si le désir est assez fort... un message peut être transmis, un messager trouvé.

Il se tut.

Mr Satterthwaite se leva légèrement oppressé.

– Je rentre à l'hôtel. Si vous allez dans la même direction ?

Mr Quinn secoua la tête.

– Je retournerai par le même chemin qui m'a amené ici.

Lorsque Mr Satterthwaite jeta un coup d'œil en arrière par-dessus son épaule, il vit son ami se diriger vers le bord de la falaise.

IMPRIMÉ EN FRANCE PAR BRODARD ET TAUPIN
Usine de La Flèche (Sarthe).
ISBN : 2 - 7024 - 1385 - 4
ISSN : 0768 - 1070

H 52/1045/5